Prométeme que serás feliz

CÉLESTIN ROBAGLIA

Prométeme que serás feliz

Traducción de
Andrea M. Cusset

Grijalbo narrativa

Papel certificado por el Forest Stewardship Council®

Penguin
Random House
Grupo Editorial

Título original: *Promets-moi d'être heureux*
Primera edición: junio de 2022

© 2018, Éditions Solar, una división de Place des Éditeurs
© 2022, Penguin Random House Grupo Editorial, S. A. U.
Travessera de Gràcia, 47-49. 08021 Barcelona
© 2020, Andrea Montero Cusset, por la traducción

Printed in Spain – Impreso en España

ISBN: 978-84-253-5846-3
Depósito legal: B-11.858-2022

Compuesto en Fotoletra, S. A.

Impreso en Liberdúplex
Sant Llorenç d'Hortons (Barcelona)

GR 5 8 4 6 A

Los mayores trastornos de la vida se producen en el anonimato. Un tsunami llega a la orilla horas después del temblor de tierra que lo ha generado; sea cual sea su amplitud, sea cual sea la transformación radical que deje en nuestra existencia, en el instante preciso en que ocurre, absolutamente nada cambia. La onda de choque se propaga a su propio ritmo y no nos afecta en absoluto hasta que nos alcanza. Durante este lapso de tiempo, los humanos se mueven, sufren, se aman. Viven sin pensar en el final que se les viene encima. Durante esta prórroga singular, la vida continúa como si tal cosa… hasta que llega el impacto.

En el preciso instante en que tiene lugar, acabo de ordenar los informes del día en el cajón de mi mesa. Compruebo por última vez que esté todo en su sitio antes de abandonar la diáfana oficina en dirección al metro y a mi pequeño apartamento de un solo dormitorio. Un compañero que trabaja en la misma compañía de seguros que yo me alcanza justo cuando me dispongo a salir del edificio.

—¿Lo has visto? —me pregunta al tiempo que me enseña la pantalla de su móvil—. Météo France acaba de lanzar una alerta naranja en la mitad oeste del territorio. Parece que está soplando el viento con fuerza, ¡menudo mes de julio! En mi opinión, mañana vamos a estar hasta arriba de trabajo, habrá un montón de chapa abollada, cuando menos.

El anuncio me provoca una extraña punzada en el corazón, de la que me deshago encogiéndome de hombros. Mis pensamientos ya están lejos de aquí, y las consideraciones profesionales de mi colega me resbalan sin más efecto que esa curiosa sensación. Me limito a despedirme con la cabeza antes de encaminarme al metro.

—Hasta mañana, Gabriel —me dice mientras se monta a horcajadas en su moto.

En el preciso instante en que tiene lugar, Nominoë, tumbado cuan largo es en el sofá de cuero gastado, se despierta de la siesta. Su mente comatosa flota aún en la frontera confusa que separa el mundo de los sueños de la realidad, dejando vagar sus recuerdos más trágicos: el abandono por parte de su padre, la muerte de su madre, la traición de su único amor… Se frota los ojos, las ásperas mejillas, atrapa con pulso febril el mando, tirado por el suelo, activa con un clic la consola, que sigue encendida, y carga la última copia de seguridad. Aparece la pantalla de control de su avatar. Equipa a este último con un yelmo de plata y una espada bendita con reflejos irisados, y le hace entrar en un torreón, pues prefiere enfrentarse a los demonios virtuales del videojuego que a los que atormentan su alma.

Unos segundos antes de que todo esto tenga lugar, la niña está muy agitada. El vehículo se ve sacudido por sucesivas ráfagas de viento, y la carretera apenas resulta visible en medio del diluvio. Aziliz nunca ha pasado miedo con estas cosas, pero en ese momento la tempestad que se desencadena a su alrededor la aterroriza. Es más, siente que la embarga una tristeza increíble, un dolor en lo más hondo de su ser que hace que se le aneguen los ojos, aunque no entiende por qué. Las palabras brotan de sus labios sin premeditación.

—Mamá, papá…

La mujer del asiento del copiloto se da la vuelta.

—¡Oh, cariño! ¿Qué te pasa? —pregunta al ver el rostro de su hija empapado de lágrimas—. ¿Tiene algo que ver con la tormenta?

—No, bueno, no creo… Solo quiero que sepáis que os quiero muchísimo —declara con una solemnidad conmovedora.

Su madre sonríe con infinita ternura.

—Mi princesita…

En ese instante, en ese preciso instante, la luz de los faros del vehículo que llega de costado atraviesa de lado a lado el interior del pequeño turismo.

1

Al principio no había nada. Ni luz ni el más leve sonido. Fue antes de la oscuridad y el silencio, antes incluso del espacio y el tiempo; una nada infinita. De repente surgió todo. Al comienzo estaba muy confuso, pero estaba ahí, desde el primer instante: los electrones y otras partículas elementales que se unirían para dar lugar a átomos, que a su vez formarían estrellas, luego galaxias... Todo el universo apareció así, de golpe. Tal vez se trata del mayor misterio que existe. El vacío, la ausencia, lo entiendo. Es lógico, incluso, todo lleva a creer que no debería haber habido nada. Sí, pero lo hay... Quizá lo único que existe realmente se resume en mi pensamiento en torno a los orígenes del gran Todo y las sensaciones que experimento: la presión de mi cuerpo contra el asiento plegable, el olor a tabaco y sudor de la persona que tengo a la derecha, la luz clínica de los tubos de neón que iluminan el metro... Tal vez. No obstante, aun cuando todo se redujese a esta experiencia sórdida, bastaría para invalidar la hipótesis de la nada. Hay quien dice que en eso consiste la creación divina. Que estén en lo cierto o se equivoquen no cambia nada. El milagro es que haya algo. Que ese algo sea obra de Dios o no es secundario.

Hasta donde me alcanza la memoria, siempre he intentado comprender, dar un sentido a todo esto. De tenerlo, yo no se lo he encontrado nunca… Hoy hace justo veintisiete años que vago por esta cosa incoherente que denominamos existencia. Si hago balance de mi vida, aquí, en mi asiento plegable, no estoy del todo seguro de si firmaría por dar una vuelta más en el tiovivo. Sí, aunque no estoy solo en la ecuación… Recorro con la mirada a la gente que se agolpa en el vagón. La mayoría tiene la vista clavada en el móvil, están desconectados del mundo exterior. No les llama la atención la mujer joven que llora de forma discreta, encorvada en su asiento, o el indigente que les agita un vaso de plástico delante de la nariz. La existencia es el mayor milagro posible, y las personas se empeñan en huir de ella. No las juzgo. Con este cuestionamiento en bucle dentro de mi cabeza, hago como ellos. Estoy en mi burbuja interior. ¿Qué otra cosa se puede hacer al constatar que toda esta gigantesca maquinaria, salida del Big Bang, del despliegue del espacio-tiempo y de la fusión estelar, conduce a esto: una escena cotidiana y ordinaria del metro parisino? Una voz monótona anuncia la llegada a la estación de Nation: «Última parada, se solicita a todos los viajeros que abandonen el vagón». Me bajo como los demás. Como todo el mundo. Como siempre.

Una vez en el vestíbulo de mi edificio, abro el buzón sin saber muy bien por qué. ¿Acaso percibo de manera inconsciente la presencia de un paquete? O, simple y llanamente, ¿es porque hace más de una semana que no recojo el correo? Hay un paquete, en efecto. Al final Clara se ha salido con la suya: me felicita por mi cumpleaños. El hecho de celebrar un año más en el desierto que es mi vida me parece un contrasentido, así que prefiero pasar. Es la razón por la que no he encendido el móvil en todo el día, para evitar las llamadas invasivas y alegres de los que aún imaginan que hay algo que festejar. Tampoco tengo ningunas ganas de escuchar los mensajes del buzón de voz. Los borraré mañana sin escucharlos. En cuanto al paquete de mi hermana, que tengo entre las manos, pese a todo no voy a tirarlo. Con un suspiro, desgarro el papel de estraza. Descubro un cuaderno nuevo con la tapa cubierta por completo de hojas de árbol de tonos rojos y anaranjados, secadas y barnizadas. Es precioso. En la primera página, una nota de ella…

Hola, hermanito:

¡Quería desearte un día maravilloso!

Ya está, solo me apetecía hacerte un pequeño regalo, así, sin motivo. Sin ninguna relación en absoluto con el hecho de que sea tu cumpleaños, no te preocupes.

Bueno, en realidad, sí, lo reconozco. Hace veintisiete años que entraste en mi vida, y necesito celebrarlo. Aprovecho para avisarte de que te llamaré por la noche, aunque sé que no te gusta demasiado, espero que este año me contestes…

Mientras tanto, que sepas que este es un cuaderno mágico, en el que podrás anotarlo todo: tus sueños, tus dudas, tus vagabundeos. Estoy segura de que te ayudará a ver con claridad y a transformar tu vida.

Un beso muy grande,

CLARA

Clara… Esto es muy propio de ella. No sé si debo estar furioso o enternecido. Pero ¿cómo voy a montar en cólera con el ángel encarnado que es mi hermana? Cierro el cuaderno y, con una sonrisa en los labios, me dirijo al ascensor.

Apenas he franqueado la puerta blindada de mi apartamento cuando me recibe el estruendo de un combate épico. ¡Acero contra acero, ira de los elementos, rugidos de los guerreros! Noé está en trance, de pie sobre el sofá. Profiere gritos de guerra y batalla contra hordas de monstruos virtuales con ayuda de su *joystick* encantado. El cartón grasiento de la pizza para llevar que ha pedido preside la mesa, apilado encima de los envases de los últimos días. El resto de la habitación está lleno de ropa sucia, montañas de libros y cómics abiertos. Las figuritas y botes de pintura saturan la encimera de la cocina. El mundo de Noé se reduce a este salón caótico. Noé, mi primo, mi mejor amigo… En realidad, su verdadero nombre es Nominoë, pero todo el mundo le llama Noé. Por más que su increíble leonera me mine la moral, ya atacada por una jornada de trabajo tan agotadora como insípida, no se lo reprocho. A Noé siempre se lo perdono todo, es lo que hay. No se puede esperar nada de un ser machacado por la vida. Solo se le puede aceptar y amar; bueno, o evitarlo. Yo elegí bando. Ya hace más de siete años que lo acogí aquí, justo después de los grandes dramas que lo destrozaron. Pero ¿qué otra cosa podría haber hecho? Lo recogí una noche de invierno, todavía lo recuerdo… Se presentó en casa, hirsuto, azorado, y se desplomó en el gran sofá de cuero gastado del salón. No se ha movido de ahí desde entonces.

La pantalla vuelve a atraer mi atención. Los orcos son

ahora legión, llegan de todas partes y rodean al paladín élfico de armadura reluciente. Noé está cubierto de sudor. Probablemente no había previsto que fueran tantos. Con un grito gutural, utiliza sus últimos puntos de maná para lanzar un hechizo de los más poderosos. Una increíble onda de choque circular arroja al suelo a todos los enemigos a su alcance. Aprovechando el espacio liberado, se lanza hasta una colina cercana donde le espera el líder, un orco descomunal, cubierto de placas de metal oxidado y pieles de animal. Noé activa su poder, de una violencia imponente, su fuerza se ha multiplicado por diez. El coste es con todo elevado, a cada segundo se vacía un poco más de la escasa vida que le queda. Asesta golpes como un loco y corta la carne verde del monstruo con su espada de plata, poniendo al enemigo en la picota. Los esbirros de este último lo alcanzan, y le da igual. Ya no combate para sobrevivir. En este momento está tranquilo, sus dulces ojos de color avellana destellan con el resplandor de quien acepta su destino. Solo le queda una cosa por hacer: arrastrar a su adversario consigo a la nada. En el fondo, ahora mismo, ya no es un enemigo, sino un compañero de viaje. Descarga con brío una serie de golpes fulgurantes, luego alza la espada al cielo como en oración, antes de asestar la estocada fatal. La hoja atraviesa al orco hasta la empuñadura. La horda verde y vengadora le supera entonces en un abrir y cerrar de ojos. Le trae sin cuidado. El *joystick* resbala de las manos de Noé, que se vuelve hacia mí.

—Lo he conseguido —me anuncia con la voz todavía trémula por la emoción.

Fijo mis ojos en los suyos. Durante un fragmento de

eternidad, accedo a su mundo interior de magia y leyendas. Asiento completamente serio.

—Lo has hecho. Le has derrotado.

Se baja del sofá, marcado por el contragolpe de la reciente confrontación: ¡los noventa y cinco kilos del primo Noé deforman los cojines! Lleva su camiseta preferida, la turquesa de «Soy un unicornio», gastada tras siete años de uso intensivo. Se la regalé por su primer cumpleaños en casa, sin sospechar que iniciaba una larga tradición de regalos en torno a la misma temática. Tiene el cabello, castaño rojizo, y la barba de diez días despeinados y perlados de sudor. Abro los brazos a la espera del impacto. Él me coge con fuerza, me levanta del suelo y me estrecha contra su enorme cuerpo con la ternura violenta que caracteriza sus abrazos.

—Galabriel, noble primo, ¡cómo me alegro de volver a verte!

—No tanto como yo, querido Nominolwë, no tanto como yo.

Galabriel y Nominolwë. Nuestros nombres de elfos.

—¿Qué tal te ha ido tu búsqueda? —me pregunta.

—Ah, bufff… Algunos malandrines aquí y allá, enigmas estudiados y reestudiados muchas veces y, como jefe, el famoso nigromante dictador de los recursos humanoides que con frecuencia intenta eliminarme.

—¡El vil bribón! —se enciende Noé—. ¿Y esta vez has acabado con él?

—¡No! No ha sido más que una escaramuza. Ha preferido retirarse antes de que el enfrentamiento se volviese demasiado serio.

—¡El muy cobarde!

—Entretanto, ¡no vengo con las manos vacías!

Noé arrampla con mi bolsa de la compra y vierte el contenido.

—¡Oh, no! Otra vez verduras... ¡Yo quería pizza!

—¿Cómo que otra vez verduras? Hace más de una semana que no compro.

—Precisamente, ¿por qué no continuar con una racha tan buena?

Noé podría alimentarse exclusivamente a base de pizza. Para ser sincero, yo también. Sin embargo, de vez en cuando recupero un residuo, un sucedáneo de consciencia. Un vestigio del pasado, de la época en la que creía que aún podíamos cambiar el mundo, tal vez salvarlo, incluso... A veces me da por llenar la bolsa de provisiones de tomates bio, cebolletas y calabacines en la tienda de la esquina. Con un suspiro, dejo la bolsa en el taburete de la barra y comienzo a despejarla para poder cocinar mientras Noé se deja caer en el sofá resoplando de forma ruidosa. Coge con gesto mecánico la edición completa de *El señor de los anillos*, que habrá visto ya una buena veintena de veces. Sonrío. No es en absoluto consciente de que hoy es mi cumpleaños, lo cual me viene muy bien. Mientras yo me pongo manos a la obra en los fogones y las cebollas empiezan a sellarse en el aceite de oliva de la sartén, en la lista de reproducción de mi ordenador arranca «Ode to My Family», de Cranberries, uno de mis temas favoritos. Aquí, en este mundo sensible y restringido, con el mismo compañero de siempre, me siento casi bien. Casi.

Feliz cumpleaños, Gabriel.

2

Sobre nuestras cabezas, el cielo azul sin el menor atisbo de nubes. El ascenso resulta agotador. Las piedras ruedan bajo mis pies, amenazando a cada instante con hacer que me precipite hasta donde empieza el camino.

—Ya casi estamos, ¡ánimo!

Clara parece indiferente a la fuerza de la pendiente. Sus gestos son tan etéreos que es como si flotara por encima del suelo. Se vuelve de vez en cuando para animarme.

—¡Venga, que merece la pena, ya lo verás!

Me pregunto con aire distraído qué hago en esta árida montaña, donde no crecen más que las piedras. Dejo pasar este pensamiento para concentrarme en la marcha y seguir a mi hermana mayor. Ahora me espera en la cima. Me alegro de compartir con ella este momento, ¡hacía tanto tiempo! Nuestras vidas son tan distintas, están tan alejadas, que ya no nos tomamos un tiempo para vernos. Me mira a los ojos con intensidad.

—Tienes razón, estaba tan absorbida por mi vida familiar que he descuidado nuestra relación, hermanito. Lo lamento, créeme.

—Como diría mamá, nunca es tarde para cambiar.

Me dirige una sonrisa triste a modo de respuesta.

—Ya casi has llegado.

La vista que se abre ante nosotros corta la respiración. La otra ladera de la montaña desciende con suavidad hacia un valle verde, salpicado de flores multicolores y surcado por un gracioso río de aguas tranquilas que emite destellos dorados al sol. La energía del lugar me invade al instante y un sentimiento inusual de plenitud absoluta asalta mi ser.

—Bonito, ¿eh?

Asiento despacio con la cabeza, incapaz de hablar.

—No me esperaba que fuese tan maravilloso —murmura para sí al tiempo que se sienta en una piedra redondeada que emerge de la abundante hierba—. Ven, tengo que contarte algo.

Mi hermana guarda silencio mientras tomo asiento a su lado, luego comienza a hablar.

—Eres tan infeliz, Gabriel... —Interrumpe mi intento de negación levantando un dedo—. Lo veo perfectamente, ¿sabes? No es la clase de cosas que puedas ocultarme...

Vuelvo la cabeza.

—No me apetece hablar de eso...

—Déjame acabar, es importante, y ya no me queda mucho tiempo. No sé cómo ha ocurrido, en realidad, pero te has vuelto tan triste, estás tan... vacío.

—Lo que está vacío es la vida.

—Eso no es verdad. Es solo lo que tú vives, pero no es una fatalidad.

Cierra esos ojos verdes y se toma su tiempo para concentrarse de nuevo y dar con las palabras.

—¿Te acuerdas del día que estuviste a punto de ahogarte en el río? —me pregunta finalmente—. ¿Te acuerdas de lo que me prometiste cuando conseguí sacarte del agua?

Sin apartar la vista de ella, espero a ver adónde quiere llegar.

—Me dijiste que, como te había salvado la vida, podía pedirte lo que fuera, en cualquier momento, y que lo harías por mí costara lo que costase. Te comprometiste formalmente.

—Tenía once años…

—¿Lo recuerdas?

—Sí.

—Bueno, pues tengo algo que pedirte.

—Venga. —Suelto un suspiro.

Ella me mira fijamente, como para subrayar la solemnidad del instante.

—Prométeme que serás feliz.

Durante unos instantes, sus palabras no surten ningún efecto, luego asimilo su significado.

—¡Eh! ¡Me estás exigiendo algo imposible! Uno no decide ser feliz. Es como si quisieras que me transformase en pelícano o en bonsái…

—Una vez más, eso no es verdad. Nunca te pediría algo inviable.

La luz que asciende desde el valle me hiere los ojos. Me cuesta concentrarme. Ella continúa, persistente.

—Me lo prometiste, Gabriel. Podía pedirte lo que fuera…

—Pero, bueno, ¿qué quieres que haga? ¡No sé cómo arreglármelas!

—Lo sé, por eso no estarás solo: te he enviado a unos ayudantes para que te guíen.

—¿Ayudantes? ¿Qué ayudantes?

—Un ángel. La reconocerás enseguida, estará ahí para ti como tú estarás ahí para ella. Ella te indicará el camino.

Clara vuelve la vista hacia el valle. La luminosidad es tal que ya no veo prácticamente nada.

—Voy a tener que irme —dice—. Es la hora.

—Espera, has dicho «ayudantes»...

Mi hermana sonríe. Ya apenas la veo, y aun así percibo su presencia con una intensidad increíble.

—Si sigues el camino de tu propia leyenda, te cruzarás con alguien que responderá a tus preguntas.

—¿Y cómo lo reconoceré?

—Sabrás que es él porque habla con las estrellas y los animales.

Me coge la mano.

—Ahora prométeme que serás feliz.

—Yo... lo intentaré.

—Prométemelo.

Su tono no admite réplica. Inflexible, apela directamente a mi alma. De todos modos, nunca he sido capaz de negarle nada a Clara.

—Vale, muy bien, ¡te lo prometo! ¿Contenta?

Ya no la veo, pero siento que me estrecha entre sus brazos.

—Me lo has prometido —dice con una ternura increíble—. Recuérdalo. Creo en ti, ¿sabes?, más de lo que te imaginas.

Me abraza aún más fuerte.

—Te quiero, hermanito. Te quiero, ahora y siempre.

El abrazo dura mucho tiempo y me llega a lo más hondo. Estoy llorando cuando me suelta.

—Tengo que irme, Gabriel. Cuídate. Y, sobre todo, ¡recuerda tu promesa!

Me lanza una última mirada y se dirige hacia el valle, apenas visible en medio de la claridad cegadora.

—¡Espera! ¡Voy contigo!

—No puedes seguirme a donde voy, todavía no —responde mi hermana, cuya voz, lejana, suena como un eco—. Nuestros caminos se separan aquí. Durante un tiempo, solo por un tiempo. Adiós, Gabriel.

—¡Clara!

Intento seguirla, en vano: me tropiezo con una raíz y caigo hacia atrás. Trato de agarrarme, pero la pendiente, que de pronto parece más inclinada que al subir, me engulle. Un paisaje mineral, desolado, se desarrolla como un torbellino ante mis ojos mientras caigo.

La angustia por el impacto que me espera al pie de la pendiente me despierta con un sobresalto. Tengo el cuerpo perlado de sudor y me cuesta respirar. El despertador indica que son las 5.55. Es inútil que intente volver a dormirme por media hora. De todas maneras, ese maldito sueño me ha desvelado. Me acerco a tientas al baño. El espejo de encima del lavabo me impone un cara a cara doloroso conmigo mismo. El pelo alborotado, castaño claro, me cubre parcialmente los ojos, verdes, como los de toda la familia, al menos por parte de mi madre. De ella también he sacado los rasgos finos y unas pestañas desmesuradamente largas que parecen anunciar al mundo mi fragilidad, como un cartel que indicara: «Vamos, tíos, pasad por encima de mí, no corréis ningún riesgo...». Meto la cabeza debajo del agua helada. El sueño se desvanece, pero la angustia, aún difusa, aumenta la aprensión cotidiana. Vuelvo a pensar en los informes pendientes en la oficina, en los altercados con mis superiores, en las conversaciones insípidas delante de la máquina del café. Fuera, los primeros rayos de sol aparecen con timidez, incapaces de ahuyentar la oscuridad que llena mi ser.

3

Imaginad dos coches que convergen hacia un cruce de manera sincronizada. Uno tiene prioridad, pero el joven que va al volante presenta una tasa de alcohol en sangre de 1,8. El otro lo conduce un usuario regular de esa carretera secundaria, acostumbrado a no cruzarse con nadie, que va demasiado rápido para poder frenar a tiempo cuando descubre que no está solo. Cuando los vehículos colisionan, tenemos a dos conductores culpables. El accidente da lugar entonces a un contencioso de seguros. Ah, también tiene como efecto una pierna rota, chapa abollada, un hombre con quemaduras de segundo grado en toda la mitad izquierda de la cara y un montón de chatarra que bloquea la carretera. Esto no me interesa demasiado; por lo menos hago lo que puedo para no pensar en ello. El contencioso, ese es mi trabajo. He de demostrar que, legalmente, nuestro asegurado es menos culpable que el otro, con el fin de que la compañía desembolse lo mínimo. Después de todo, alguien tiene que ocuparse de este tipo de cosas. No todos podemos ser artistas, médicos de alguna ONG o investigadores en la lucha contra el cáncer. Releo el informe que relata los hechos contractuales mientras empollo el Código Civil. Al principio, mi trabajo en Seguros Oxfa debía limitarse a unas prácticas de tres meses; eso fue hace más de cuatro años. Mi proyecto inicial consistía en convertirme en abogado. Quería luchar contra los abusos de las multinacionales, proteger el medio ambiente, cambiar las cosas. Sí, aunque, en la vida real, los abogados trabajan a sueldo para las multinacionales con el fin de defender los intereses de estas y buscar resquicios legales que les permitan cometer los peores abusos evitando cualquier tipo de sanción; en la vida real, no hay nadie que les contrate para defender la naturaleza. La naturaleza no es rentable. No habla, calla, deja hacer. Puedes verter un petrolero entero en el Canal de la Mancha o atiborrar sus entrañas de residuos radiactivos, el mar no dirá nada, y los pocos humanos a los que les interesa solo cuentan con sus lágrimas para oponerse a las sociedades ciclópeas y a sus bufetes de abogados. En nuestro mundo, el dinero lo puede todo. Lo permite todo, y justifica todos los medios para conseguirlo: la miseria, el hambre, incluso la destrucción de nuestro planeta... El día en que lo comprendí, y me refiero a comprenderlo de verdad, en profundidad, en las entrañas, no como una mera idea en mi cabeza, supe que todo estaba perdido. Y yo no podía hacer nada para cambiar las cosas. Mi idea de salvar el mundo era una quimera. Entonces tiré la toalla. No se puede parar un tanque con las manos vacías... Fue durante las prácticas en Oxfa, al final de mi tercer año de carrera. Por eso, cuando me ofrecieron un contrato indefinido, dije que sí. Había que dar de comer a Noé y, en un mundo sin esperanza, todas las profesiones son estúpidas.

Cuando Boris, mi superior, me llama, levanto la vista con aprensión. Su voz tiene un matiz de pena, una dulzura inusual que chirría a mis oídos.

—Tienes una llamada, Gabriel. Es tu madre.

—¿Por qué me llama aquí? Estoy ocupado…

—Escucha, deberías atenderla. La desvío a tu mesa.

Se va sin más. Al cabo de unos instantes, suena el teléfono. Acerco la mano para descolgar, me tiembla. Madre mía, pero ¿qué me pasa?

—Hola, ¿mamá? ¿Por qué me…?

—Gabriel… —Se le quiebra la voz—. Ha ocurrido algo. Clara…

¡Clara! El sueño me vuelve a la memoria con una precisión inmisericorde. No lo entiendo. No quiero entenderlo.

—Ha tenido un accidente. Ella, Ludo y Aziliz.

—Está…

Se instala un silencio prolongado. Escucho los sollozos de mi madre. No sé desde cuándo no la oía llorar…

—Sí… Ocurrió anoche, en la autopista. Intenté avisarte, pero tenías el móvil apagado.

Desconectado, para evitar los mensajes de cumpleaños. Desconectado también, quizá, para continuar una noche, solo una noche más, unas pocas horas, en un mundo del cual Clara no había desaparecido. Clara, mi hermana, mi luz. Sin duda el ser más puro que he tenido la suerte de conocer. El océano verde de su mirada no volverá a inundarme con su ternura. Su risa nunca me envolverá de nuevo con su alegría. Nunca.

—¿Cómo ocurrió…?

—Llovía muchísimo. Al llegar al cruce un camión perdió el control...

Un nuevo silencio. Estoy devastado.

—Clara iba en el asiento del copiloto, recibió el impacto de lleno... Murió en el acto. Ludo no ha superado la noche... Los cirujanos han hecho todo lo que estaba en sus manos.

—¿Y Aziliz?

—Ella está en coma.

—¿Se recuperará?

—No tiene nada, absolutamente nada. Es un milagro. Debería despertar dentro de poco. Me gustaría que estuvieses aquí.

Vuelvo a ver a mi hermana descendiendo hacia el valle de luz. Imagino a Ludo, cubierto con una sábana blanca en una sala también blanca reservada a aquellos por los que el hospital no ha podido hacer nada. Y luego pienso en Aziliz, pequeña mujercita de apenas diez años. Pienso en esa niña hecha un ovillo en una cama de hospital, que aún no sabe que sus padres han muerto.

—Voy —digo casi sin voz.

Tengo la impresión de que el trayecto en metro dura una eternidad. Me viene bien... Hay citas a las que preferiría no llegar nunca. Enciendo el móvil. La pantalla indica diez nuevos mensajes: nueve de mi madre, lógico, y uno... uno de Clara. Fue ayer, fue en otra vida, en otra existencia, en una época en la que mi hermana pertenecía a este mundo. Intentó llamarme, y yo no estuve ahí para escucharla, no estuve ahí… Las lágrimas acuden a mis ojos de repente. Me inundan el rostro con una fuerza sorprendente, ajenas al resto de los pasajeros, ajenas a todo, y dejo que fluyan con mi alma. Apago el teléfono con brusquedad, incapaz de escuchar las últimas palabras que me dedicó mi hermana. Mientras no las escuche, Clara siempre tendrá algo que decirme. La idea de una vida llena del silencio de Clara me resulta insoportable.

Tiene la mano suave y caliente. Sus largos cabellos dorados, desparramados por la almohada, forman un halo brillante en torno a su cabeza. Por momentos, me da la impresión de que me aprieta ligeramente los dedos. Mamá dormita en el sillón situado al otro lado de la cama. Se ha pasado toda la noche en vela a la cabecera de la cama de Aziliz. La observo. Incluso sumida en el sueño, sus rasgos permanecen marcados por las lágrimas y el sufrimiento. Ella, que en general derrocha tanta energía… Creo que nunca la había visto tan afectada. Devuelvo mi atención a Aziliz, mi florecilla, mi ángel, que pronto despertará y tendrá que afrontar la peor prueba de su vida. Estoy inmerso en un torrente de pensamientos cuando una voz femenina me interpela desde la puerta entreabierta.

—¿Señor Gabriel Toussaint?

Asiento con la cabeza.

—Lamento molestarlo, pero ¿podría dedicarme un momento? Sería más sencillo que lo hiciésemos antes de que se despierte la pequeña —me dice la desconocida con gesto afligido.

Intrigado, me reúno con la mujer, que ronda la cuarentena, en el vano de la puerta. Lleva un traje sastre. Es evidente que no forma parte del personal del hospital.

—Mis condolencias, señor Toussaint. —Hace una pausa antes de proseguir—. Me llamo Sandrine Martin, soy del servicio de tutelas. Estoy a cargo del expediente de Aziliz. Es su sobrina, ¿verdad?

—Sí... ¿De qué se trata?

—Mi misión consiste en determinar quién se encargará de su tutela inmediata, tras el fallecimiento de los padres.

—¿Se refiere a quién se va a ocupar de ella de ahora en adelante?

—Sí. Usted es tío y padrino de Aziliz. Además, no sé si está al corriente, pero, mediante declaración especial ante notario, su hermana le designó como tutor en caso de deceso, y, a menos que surja algún problema importante, esa será la decisión que se propondrá al consejo de familia que se ocupará del procedimiento.

—¿El procedimiento?

—En general dura de cuatro a seis meses, tras los cuales presumiblemente se convertirá usted en el responsable legal de su ahijada. No obstante, debe saber que no está obligado a asumir esa responsabilidad. Si la rechaza, pueden ocupar su lugar otros miembros de la familia. Siempre es posible transferir la tutela a otro pariente cercano... Con su consentimiento, claro.

Destrozado por el dolor por la pérdida de mi hermana, no he dedicado un solo segundo a pensar en qué sería de mi sobrina.

Con incredulidad, durante un momento prolongado,

me quedo sin palabras, escrutando a la funcionaria, que está claro que espera una reacción por mi parte.

—Es que… nunca he tenido que cuidar de un niño. No… no sabría qué hacer…

—Lo entiendo. ¿Necesita unas horas para pensarlo o quiere que contactemos con el resto de los miembros de la familia enseguida para saber quién aceptaría encargarse de la niña, a la espera que se pronuncie el juez tutelar?

La magnitud de la noticia me desconcierta. Responsable legal de mi sobrina… Eso significa que viviría conmigo. Y con Noé. Que le haría la comida, la llevaría a la escuela. Que la criaría… De pronto me viene a la memoria el recuerdo del bautizo de Aziliz. Vuelvo a ver a Clara, que me mira a los ojos diciendo: «El padrino es quien se hace cargo del niño si… si les ocurre algo grave a los padres. Ahora se olvida con frecuencia el antiguo sentido de este papel, y la ceremonia actual no tiene ningún valor ante la ley. Solo quería que fueras consciente de ello antes de la celebración, y que me digas si estás de acuerdo». Yo tenía apenas dieciocho años y dije que sí. Dije que sí porque, por aquel entonces, me sentía capaz de subir montañas, de cambiar el mundo.

La funcionaria me observa en silencio, sigue esperando mi respuesta. En ese instante, en ese preciso instante, noto que Aziliz se despierta a mi espalda. Vuelvo la cabeza hacia su cama de inmediato. Enseguida clava sus ojos esmeralda en los míos, como si estuviesen imantados. Las palabras de mi hermana resuenan entonces en mi cabeza con una claridad increíble: «Te he enviado a un ángel, la reconocerás enseguida. Estará ahí para ti como tú estarás ahí para ella». Contesto a mi interlocutora sin apartar los ojos de mi sobrina:

—Clara me pidió que estuviera ahí para ella. No hay nada que añadir. Disculpe mi vacilación, la emoción… Me haré cargo de ella, por supuesto. Era la voluntad de mi hermana.

A pesar de la gravedad de la situación y las aciagas circunstancias, en el momento en que pronuncio esas palabras me invade una alegría inmensa. La sensación se aplaca muy rápido. Me vuelvo una vez más hacia la funcionaria.

—Ahora, si me disculpa…

—Sí, por supuesto. Volveré pronto para acordar una cita con el fin de evaluar si no hay ningún inconveniente, ya sea económico o de otra índole, para que adquiera esta responsabilidad.

Apenas escucho su respuesta, porque mi atención se centra ya por completo en Aziliz. Siento tristeza, pena, pero también alegría de verla ahí, entre nosotros, y se me saltan las lágrimas. Ella también llora. Lo ha adivinado. No sé cómo lo sabe, pero lo percibo. Me inclino hacia ella y le cojo la manita con toda la delicadeza del mundo.

—Buenos días, angelito, mi sol —murmuro—. ¿Qué tal estás?

—Creo… creo… Abrázame… —susurra ella con la voz trémula.

Me deslizo a su lado y la estrecho entre mis brazos. Hunde la cabeza en mi pecho y rompe en sollozos desgarradores. Permanecemos así una eternidad, o dos. Mi madre también se ha despertado, pero no se atreve a interrumpir lo que intuye que es un momento sagrado. Un tiempo de aceptación de la muerte, del otro, del increíble cambio que esto anuncia en nuestras vidas. No pronunciamos una sola palabra. No hace falta.

4

El viento sopla con fuerza. Apenas atemperado por los árboles, se lleva lejos las cenizas internándolas en el laberinto rocoso. A pesar del dolor, Aziliz ha accedido a esparcirlas con nosotros. Ahora tiende la urna a mamá, y ella la coge. Le tiemblan tanto las manos que me da miedo que la deje caer.

—Mi pequeña hija, mi pequeña Clara... —murmura con voz lacerante, rota por la pena, mientras acaba de esparcir ese polvo, lo único que le queda de su hija.

Estamos aquí, los tres solos, para llevar a cabo un último ritual en el bosque de Fontainebleau. Propusimos a los padres de Ludo que nos acompañaran para dispersar juntos las cenizas de los dos enamorados, pero se negaron. Preferían guardarse para ellos los restos de un hijo que les había vuelto la espalda.

—Que puedas volar hacia la luz, hija mía...

—Ya ha llegado allí, Mima —afirma Aziliz en voz muy baja.

A pesar de que tiene los ojos enrojecidos, hace gala de una serenidad asombrosa.

—¿Sabes, Mima? —el apodo que puso Aziliz a su

abuela Matilda—, mamá está aquí, con nosotros, y papá también —continúa—. Parece que están bien donde están, muy felices... —Tiene los ojos vidriosos por las lágrimas—. Es solo que, a veces, pienso que habría preferido irme con ellos...

Mi madre la estrecha entre sus brazos.

—Mi niña preciosa...

Mi madre aprovecha el trayecto de regreso para abordar el tema. Algo más lejos, Aziliz salta de roca en roca para liberar el estrés que le ha causado el funeral y deshacerse del entumecimiento después de tres días de inactividad en el hospital.

—¿Estás seguro, Gabriel?

Enseguida comprendo de qué quiere hablar.

—Era la voluntad de Clara, mamá.

—Sí, me había hablado de ello. Pero hacerse cargo de una niña de diez años no es algo que se improvise.

—¿Ah, sí? ¿Te había hablado de ello?

—Sí, cuando la enfermedad se llevó a vuestro padre. Clara estaba justo en mitad del embarazo, y eso la marcó mucho. Cobró conciencia de que nadie vivía para siempre, ni siquiera ella. Por eso quiso nombrar a un tutor en vida, por si acaso. Los padres de Ludo no eran una opción. Había demasiado rencor entre ellos... En cuanto a mí, no permanezco mucho tiempo en el mismo sitio, ya sabes, la compañía de teatro...

—Quieres decir que me escogió por eliminación...

—¡Claro que no! Ni se te ocurra pensar eso. Siempre

creyó en ti, y bastante más que tú mismo. Después de todo, ¡llevas todos estos años cuidando de Nominoë! Además, veía perfectamente lo mucho que querías a Aziliz. Clara y Ludo sabían que estarías a la altura.

Se me forma un nudo de emoción en la garganta. Clara… Ella tenía fe en mí. Me parece tan extraño que alguien pueda verme como algo más que un fracasado integral…

—¿Qué piensas de esto, mamá?

Mi madre se detiene un momento antes de responder.

—Pienso que eres capaz, Gabriel. Seguramente la vida de Aziliz no será como la de los demás niños, pero eso no tiene por qué ser malo. Solo quiero saber si aceptas por deber, por sacrificio o por un deseo verdadero.

—Lo único que puedo decirte es que siento que debo hacerlo… Hay pocas cosas de las que estoy seguro en lo que se refiere a mi vida, pero de esta no me cabe duda.

De pronto me estrecha entre sus brazos. Me quedo unos instantes sorprendido, rígido, sin saber muy bien cómo reaccionar a este raro gesto de efusividad, antes de dejarme llevar por el momento de ternura.

—Entonces todo irá bien —me susurra al oído.

—Hola, Noé.

Mi primo se sobresalta. No nos ha oído entrar. Deposita el mando con suavidad, sin poner el juego en pausa siquiera. No se atreve a darse la vuelta. Advierto un ligero temblor en su cuerpo. Ha reconocido la vocecilla de Aziliz. Sabe por qué está aquí.

—No podía ir —balbucea él—. Me habría gustado, pero... no podía.

—Lo sé —contesta Aziliz en voz baja—. Pero estabas en mi corazón. Estabas ahí, Noé.

Percibo que el temblor va en aumento. Al fin consigue volverse hacia nosotros. Se acerca a ella, con torpeza. Su cuerpo de oso de peluche gigantesco se agacha con delicadeza para ponerse a la altura de Aziliz. El rostro redondo que le presenta está anegado en lágrimas.

—Sé lo que significa —dice con la voz entrecortada por los sollozos, apenas comprensible—. Perder a la mamá... no debería ocurrir nunca.

Con aire desolado, esboza un gesto torpe para cogerla en brazos. Aziliz se precipita hacia ellos.

—Todo irá bien, Noé, todo irá bien, no te preocupes. Ella está aquí, ¿sabes?, cerca de ti, la siento... una mamá nunca se va de verdad...

Asisto pasmado a esta escena surrealista en la que la pequeña huérfana que regresa del entierro de sus padres consuela al adulto hecho pedazos. Mientras observo a Noé, me viene un pensamiento fugaz y extraño a la cabeza: ¿cómo puede un cuerpo, por grande que sea, contener tantas lágrimas?

—Ahora es tu habitación. Este fin de semana iremos a buscar tus cosas, después compraremos todo lo que necesites.

—Y tú, ¿dónde vas a dormir?

—En el salón con Noé. No me importa, ¿sabes? Además, ¡así le impediré que recaliente la pizza en mitad de la noche!

Mi intento de hacerla reír arranca una leve sonrisa a Aziliz. Se desliza en la cama con aire expectante y parece encontrarla aceptable. La cubro de forma cuidadosa con la colcha.

—¿Gabriel?

—¿Sí?

—Mamá vino a verme, ¿sabes?, mientras dormía, después del accidente. Habló mucho conmigo, me dijo que... que papá y ella siguen su camino en el más allá, pero que siempre velarán por mí, siempre, y que no debía preocuparme.

Guarda silencio un instante, con aire soñador.

—No mentía, ¿sabes?, los siento, aquí —dice al tiempo que se lleva ambas manos al corazón—. Son como un calor muy suave.

Guarda silencio, cierra los ojos y se sumerge en esa sensación tranquilizadora. Su respiración se ralentiza. Al cabo de un momento, apago la lámpara de noche y alcanzo la puerta sin hacer ruido. Su vocecilla resuena a mi espalda.

—También me habló de ti. Cree que a ti te costará más entenderlo.

Evito su mirada. No estoy listo para hablar de esto.

—Me pidió que te recordara tu promesa también.

Me quedo un momento parado, luego me vuelvo.

—¿Mi promesa?

Se encoge de hombros.

—Solo dijo eso: «Recuérdale su promesa...».

Se me corta la respiración. Mi promesa… Esta conversación asombrosa me hiela la sangre. Mi cerebro intenta rechazar en bloque esa petición irracional, y sin embargo… ¿Cómo dar sentido a mi sueño de la otra noche? ¿Cómo dárselo a lo que acaba de decirme mi sobrina? Ahora mismo no me siento en absoluto en condiciones de explorar este misterio. Le dedico un rápido «Buenas noches» y me voy de mi antigua habitación para huir de estas preguntas que alteran mi equilibrio interno, ya de por sí precario.

En el sofá, Noé da cabezazos delante de *El castillo ambulante*. Me uno a él y me sumerjo en la historia maravillosa, que me arrastra lejos de todos los pensamientos inquietantes.

Me despierta el crujido del parquet. Los pasitos se acercan con la mayor discreción posible. Con los ojos entrecerrados, percibo su silueta, que pasa por encima de Noé para deslizarse con agilidad entre él y yo debajo del edredón. Como si sintiese su presencia en la cama, mi primo se vuelve hacia ella y le ofrece su gran hombro sin recuperar la consciencia. Aziliz se acomoda de inmediato en el acogedor espacio. Esta escena de ternura me conmueve y despierta en mí el recuerdo de una sensación fugaz de mi infancia, enterrada hace mucho tiempo en la profundidad de mi interior, y me sorprendo sonriendo como un tonto en medio de la oscuridad.

5

Hace sesenta y cinco millones de años, un cuerpo celeste de cerca de diez kilómetros de diámetro se estrelló en la actual provincia mexicana de Yucatán. La fuerza del impacto, varios miles de veces la de Hiroshima, elevó rápidamente la temperatura de la atmósfera a cientos de grados y proyectó tanto polvo en el cielo que el sol no volvió a brillar en años, lo que acarreó un período de glaciación. Este cataclismo, comparable a un invierno nuclear, fue con toda probabilidad el causante de la desaparición de los dinosaurios y de millones de especies más. No obstante, transcurrieron los siglos, los milenios, y la naturaleza continuó desplegando una diversidad increíble hasta convertirse en lo que vemos hoy en día, o más bien lo que se podía ver hace algunas décadas, antes de que nuestro mundo comenzase a descarrilarse. Incendiad un bosque, carbonizad hasta el último tronco, irradiadlo, tarde o temprano habrá un brote que surgirá de nuevo aquí o allá, una colonia de insectos que se apropiará del terreno abandonado. Es, a decir verdad, la única esperanza que me queda, la única que me permito albergar: que la naturaleza sobrevive tras el inevitable cataclismo que arrasará a los humanos cuando estos hayan contaminado la última fuente, transformado el último árbol en papel, consumido la última gota de petróleo.

Siempre me ha fascinado la forma en que la vida perdura pese a los peores cataclismos. El desastre que se llevó a Clara y a Ludo debería haberlo arrasado todo. ¿Cómo puedo seguir levantándome e ir a trabajar como antes, como si nada hubiese cambiado? ¿Cómo puede superar esto una niña pequeña? ¿Cómo puede mi frágil Noé, a quien este accidente reaviva el recuerdo del que sufrió su madre, atropellada por un coche, encajar este nuevo golpe de la existencia? Es un absoluto misterio. Y, sin embargo, cuando vuelvo del trabajo y los descubro a los dos ataviados con disfraces improvisados de caballeros de antaño, pasándolo en grande con sus espadas de fortuna, solo puedo constatar el resurgir de los vivos. La sonrisa que brota de forma espontánea de mis labios, empañada casi de inmediato por la vergüenza del que no tiene derecho a ser feliz cuando la muerte acaba de golpear, es una prueba más de este resurgimiento. Aziliz lleva dos semanas viviendo aquí y, aunque todas las noches llora en silencio bajo la colcha imaginando que sus padres le dan las buenas noches, el piso nunca ha rebosado tanta vida. Ayer incluso me llevé la sorpresa, qué milagro, de constatar que Noé se había ocupado de la comida. Vale, sí, la pasta estaba demasiado cocida, sin sal y apelotonada en montones esponjosos. También cabe decir que la mitad de los tallarines acabaron en el fregadero en el momento delicado de la transferencia cazuela-coladorfuente, y que el tarro de salsa de tomate frío lo volvió todo incomestible. Sí, pero era la primera vez, la primera en siete años, que mi primo acometía una operación culinaria que fuese más allá de descongelar una pizza. Para honrar semejante proeza, me tragué mi ración sin rechistar, con una sonrisa en los labios, hasta el último bocado. Aziliz, muy sutil, hizo saber a Noé que a ella también le encantaba cocinar y que, la próxima vez, le gustaría ayudarle a preparar la comida. Mi primo estaba en la gloria.

—¿Por qué es así Noé?

Aziliz va al grano sin previo aviso, como tiene por costumbre cuando estoy solo con ella por la noche, en el momento en que la arropo en la cama.

—¿Así cómo?

—Bueno, nunca queda con amigos, no sale nunca. ¿Sabe cómo es la calle?

Me deja atónito.

—Y, aunque bromea conmigo y no para de jugar —continúa—, por dentro está siempre llorando. Sé que perdió a su mamá. Yo también estoy muy triste a veces, pero no hago como él.

Intento eludir el tema.

—Es complicado… Noé ha tenido una vida difícil…

—Cuéntame, ¿qué le pasó?

Sus grandes ojos verdes me miran fijamente con tanta ternura como determinación. Exactamente como los de su madre solían hacerlo. Espera el relato completo, sin omisión alguna. Necesita comprenderlo. Negarme no es una opción. Suspiro e inicio la triste historia del señor Nominoë.

—Hace siete años de aquello. Noé conoció a Noémie en la escuela de arquitectura en la que acababa de entrar. Ella era su musa y su lira, su alma gemela, su gran amor, estaba convencido de ello. Ella era su igual femenina, hasta en el nombre. Se enamoró perdidamente y le hizo la corte, como en las leyendas antiguas. Funcionó. Acabaron juntos. Yo nunca lo había visto tan feliz. Y entonces, al cabo de unos meses, ella lo dejó por uno de sus mejores amigos. Noé es un verdadero romántico. No se enfadó, no, pero no lo entendió. En su mundo no existe la traición. Se le armó un lío imposible en la cabeza. Me llamaba llorando, cada noche, hablábamos durante horas. Apenas dos semanas después, un conductor ebrio arrolló a su madre.

—¿También perdió a su padre?

—No, pero no lo conoce. Su padre dejó a su madre cuando se enteró de que estaba embarazada. Quizá por eso Noé siempre ha sido un poco especial, como si viviese en una realidad diferente de la nuestra. Después de este shock por partida doble, no volvió a ser el mismo. Eso lo destruyó. No intentó suicidarse, no, solo dejó de procurarse los medios para vivir. De un día para el otro, lo abandonó todo. Empezó a dejar de ir a las clases en la escuela de arquitectura, luego dejó el trabajo en la tienda de la esquina, dejó de hacer la compra, de lavarse, de alimentarse. Dejó de pagar el alquiler… De todos modos, ya no tenía dinero. Su madre no le dejó nada, aparte de la riqueza del amor que le había dado. Luego lo acogí yo aquí… Desde entonces, vive en el sofá.

Aziliz no me quita ojo. Una lágrima le resbala por la mejilla.

—Su mamá murió en un accidente de coche, como la mía. Pobre Noé…

Guarda un prolongado silencio mientras asimila la triste historia que le he contado.

—¿Y no ha salido nunca del apartamento desde que vive aquí? —me pregunta finalmente.

—Nunca.

—¿Y tú no le has dicho que tenía que salir?

Me encojo de hombros.

—Sí, al principio, algunas veces… Luego dejé de hacerlo. No veía sentido a obligarlo a enfrentarse a la dureza del mundo real.

Lamento mis palabras de inmediato. ¿Con qué derecho transmito mi amargura vital a una niña?

—Menuda tontería —sentencia ella—. ¿Cómo podría alguien ser feliz encerrado en este apartamento minúsculo? ¡Es como si estuviese en la cárcel!

Su reacción me deja pasmado, mudo.

—¡No tiene derecho a hacer eso! —prosigue ella al tiempo que con gesto enérgico se sube la colcha hasta la barbilla—. ¿Tú crees que su madre se alegra de ver en qué se ha convertido? ¿Y de saber que encima es culpa suya? No tiene derecho a hacerle eso…

Permanezco callado mientras ella continúa rezongando un momento por lo bajo, hasta que se le cierran los párpados lentamente. Conmocionado por sus palabras, salgo de la habitación sin hacer ruido.

Aziliz me mira incrédula manteniendo un trozo de pizza suspendido en el aire con indolencia.

—Experto jurista en conflictos de seguros, ¿a eso te dedicas?

—Contenciosos… En contenciosos de seguros.

—Pero ¡eso no sirve para nada!

—Claro que sirve, es lo que intento explicarte, sirve para saber qué compañía pagará los gastos de…

—Pufff… He entendido tu historia, excepto que es una de esas cosas raras del mundo de los mayores. Los mayores siempre necesitáis complicarlo todo, aunque ¡vaya tontería! Si alguien está herido, se le cura; si ha perdido su casa, se le ayuda a reconstruirla, ¡y ya está! Hay un montón de gente que trabaja solo para saber quién debe pagar qué en lugar de hacer cosas de verdad, como reparar el tejado o curar las heridas. ¡Menuda tontería!

—Eres un poco joven para entenderlo…

Aziliz estalla.

—¡Los mayores siempre decís eso cuando os conviene! ¡Yo veo a la gente que vive en la calle! He leído un montón de cosas sobre las especies que desaparecen, sobre la contaminación del aire y de los océanos, sobre los niños que trabajan y todo… Si los mayores fuesen tan inteligentes, ¡se notaría! Y además, es muy fácil decir que no lo entiendo porque soy demasiado pequeña, pero ¡dime cómo se explica que se deje morir de hambre a la gente cuando en el mundo hay comida suficiente para todos! ¡El mundo de los mayores es estúpido, y en lugar de hacer que vaya mejor, la gente se pasa el tiempo queriendo explicar por qué es normal que todo sea un desastre! ¡Así es normal que sean infelices!

Me hundo en la silla. Nunca había sentido tanta vergüenza. Noé, por su parte, prefiere huir de la mesa para volver al sofá. Incluso renuncia al último trozo de pizza, señal inequívoca de su incomodidad. Yo intento aclararme.

—Perdóname. Tienes razón, no debería haber recurrido a tu edad para eludir la pregunta. Es verdad que mi trabajo no tiene una utilidad tan clara como el de los enfermeros o los agricultores, por ejemplo, y tienes razón, nuestra sociedad es, en muchos aspectos, aberrante y destructiva. Sin embargo, lo queramos o no, vivimos en este mundo. Tenemos que apañarnos con lo que hay. No puedo decirte que me encanta mi trabajo en Oxfa, ni mucho menos, pero hay que ganarse la vida, ángel mío…

—¿Ganarse la vida? ¡Si la vida ya la tenemos! —me responde ella, cada vez más consternada.

—Ganarse la vida es una expresión…

—Gracias, ¡ya lo sé! Aun así, es verdad. Mira, te levantas, apenas te vemos, te pasas el día allí, haciendo cosas de contencioso, luego vienes a la hora de cenar y después te vas a dormir. ¡Es un asco de vida! Si mañana tienes…

De repente se le empañan los ojos.

—… tienes un accidente, ¿de qué habrá servido todo eso?

Desconcertado, me veo del todo incapaz de responder a este balance tan brutal de mi existencia. ¿Se ha dado cuenta de la rabia de sus palabras? Se levanta y se abalanza sobre mí.

—¡Oh!, perdona, Gab, no quería herir tus sentimientos. Es solo que veo que estás siempre triste, y me da pena ver que no te gusta tu vida…

Siento sus cálidas lágrimas resbalando por mi cuello. Le acaricio el cabello.

—No te preocupes, mi pequeño ángel, no te preocupes. Pronto irá todo mejor. Además, tampoco es que tenga otra opción. Se lo prometí a tu madre, después de todo…

La conversación que mantuvimos anoche me da vueltas en la cabeza desde el amanecer. Este día es para mí un verdadero calvario. No consigo entrar en el estado de anestesia habitual en el trabajo. Lo absurdo de mi empleo me tortura sin tregua. Incluso las conversaciones superficiales con los compañeros de la oficina se han convertido en una auténtica tortura. Pero ¡¿qué estoy haciendo aquí?! A duras penas contengo unas ganas tremendas de romper con todo. ¡Así, sin más! Marcharme para no volver jamás. Aziliz dio en el blanco anoche, pero eso no quita que sea responsable de ella… Y de Noé también. ¡No puedo dejarlo todo sin más! ¿De qué viviríamos? ¿Quién llenaría de pizzas el congelador? ¿Quién pagaría el alquiler? Intento tragarme el hastío y retomo mis tareas. Trato de acallar esta voz interior, pero continúa gritando de desesperación.

6

«Lunes, 8 de julio, 16.16, tiene un mensaje nuevo», anuncia la voz digital. No sé muy bien por qué he marcado el número del buzón de voz. Me arrepiento al instante. Un mensaje nuevo, un último mensaje, el último que ella… Ante este mensaje en espera siento tal angustia que me pregunto si no sería mejor borrarlo sin escucharlo. Abandono de inmediato la idea, que me hiela el corazón. No, no puedo borrar las últimas palabras que me dejó mi hermana. Tampoco puedo escucharlas…

La señora Sandrine Martin alza por fin la vista de los justificantes que le he entregado.

—Parece que está todo en orden —anuncia—. No veo ningún motivo que pudiera incapacitarlo como responsable de su sobrina. Así pues, le confirmo en su papel de tutor provisional hasta el anuncio del veredicto del juez tutelar.

Suspiro aliviado con la máxima discreción, tras haber contenido el aliento mientras ha durado su evaluación.

—El fallo debería emitirse el 14 de diciembre, o sea,

dentro de poco menos de cinco meses —añade—. Hasta entonces, podrían efectuarse verificaciones ocasionales de su situación a petición del juez. Y listo, solo tiene que poner sus iniciales aquí y aquí, firmar en la última página y hemos terminado.

Tomo el documento que me tiende y me pongo manos a la obra. Saludos, apretón de manos y rumbo al ascensor. Este sencillo trámite administrativo me despierta una profunda inquietud. Aquí estoy, como tutor legal de Aziliz, durante los próximos cinco meses al menos, se me ha hecho un nudo en el estómago al pensar en la responsabilidad que eso implica. «Prométeme que serás feliz...». Ha llegado el momento de resolver el conflicto que se libra en mi cabeza desde que tuve aquel sueño en el que asumí este compromiso con mi hermana. Que se tratase de una verdadera experiencia espiritual o de una coincidencia asombrosa no es significativo. Tan solo una cosa importa: no puedo criar a una niña en este estado de malestar interior. Así que sí, Clara, te prometo que seré feliz aquí y ahora, como ya lo hice en nuestro encuentro onírico. Te lo debo a ti y se lo debo, sobre todo, a Aziliz. Una vocecilla interior añade que también me lo debo a mí mismo, pero, por alguna razón que no alcanzo a discernir con claridad, esta idea me incomoda. Como para subrayar mi resolución de hacer frente a la vida a partir de ahora, inspiro a pleno pulmón antes de salir del edificio del juzgado de familia y volver a la calle.

7

El informe del perito indica que los frenos del camión que aseguramos eran defectuosos. No pudo frenar a tiempo para ceder el paso en la rotonda. Como resultado, murió un hombre de veintisiete años, y a su familia le correspondería percibir la compensación más alta por daños y perjuicios, un máximo que la compañía no tendría problemas en desembolsar. Resulta, sin embargo, que el vehículo del joven no había pasado la revisión y que el único testigo del accidente no es del todo fiable... Así pues, por esa parte, hay algo que analizar, y justo eso es lo que se supone que tengo que hacer. Boris, mi superior, me explica que habría que demostrar que la responsabilidad de la colisión es compartida, y, a ser posible, que sea incluso del otro conductor. Me pide que prepare un informe de contra-argumentación en ese sentido. He dejado de escucharle. Unos espasmos sordos me aporrean el cráneo mientras veo pasar la escena del accidente, que se congela en el hombre joven, de espaldas, desmadejado sobre el volante. La imagen retrocede. Lleva el jersey azul que tan a menudo le vi puesto a Ludo. A su lado va sentada mi hermana, casi sonriente. No parece herida. No obstante, advierto que no hay ningún brillo en sus ojos y que su rostro ha quedado congelado para la eternidad. No puedo enfrentarme a esta visión de mi consciencia y mil emociones reviven en mí.

—¡Oh! ¿Me estás escuchando, Toussaint?

Boris… Levanto la vista hacia él mientras la escena de pesadilla se diluye en mi mente.

—Necesito que seas muy claro en este informe, hay demasiado en juego.

Todo mi ser se rebela ante esa petición. Noto que me tiemblan las manos, cada vez con más violencia. Ha muerto un hombre joven, y se supone que debo buscar sus fallos, sus errores, para demostrar que, en el fondo, él se buscó lo que le ocurrió. Tengo ganas de vomitar. Las trompetas de la razón suenan una vez más: «Debes ocuparte de Aziliz y de Noé. Si tú no ganas dinero, ¿quién lo hará?». Pero apenas oigo el toque de alerta. No, no puedo seguir así. Nada justifica mancillar la vida propia hasta este punto, ni siquiera la subsistencia de los seres queridos. Curiosamente, mi cuerpo es el que decide primero, actuando por su cuenta, sin estímulo mental alguno. Ignorando el griterío y los aspavientos de Boris, mis manos empiezan a deshacer el nudo de mi corbata, despacio. Con una sensibilidad increíble, percibo cada centímetro del tejido que resbala por mi cuello, hasta que cae al suelo, liviana. Al liberarme de la presión de ese nudo corredizo, tengo la impresión de respirar de verdad por primerísima vez. Boris empieza a gritarme, inclinado sobre mi mesa. Lo ignoro, doblo la espalda y comienzo a desatarme los cordones. Siempre he odiado estos zapatos; me hacen daño y me dan la sensación de estar embutido a perpetuidad en una cárcel de cuero rígido. Libero los pies con placer, primero uno, después el otro, delicadamente, y me deshago de los calcetines también. Notar el aire en mis pies doloridos me proporciona al instante una sensación embriagadora de libertad. Me juro a mí mismo que no volveré a encerrarlos de esa forma. Boris, al borde de una apoplejía, ya no consigue ni gritar. Sin pronunciar una palabra, sin dedicar una mirada a mi superior, que está rojo de ira, ni a este lugar que ha devorado tantos años de mi vida, me levanto con tranquilidad y dejo mi puesto bajo la mirada estupefacta de mis compañeros.

Una vez en la calle, con los pies descalzos sobre el asfalto, advierto que los transeúntes me miran de arriba abajo con una mezcla de curiosidad y desaprobación. Los ignoro. ¿Quién puede jactarse de ser libre si nunca ha pensado en pasearse por la ciudad sin zapatos? El macadán calentado por el sol estival me quema las plantas de los pies, pero el contacto directo con el suelo me llena de una alegría salvaje, salvadora. Paso por delante de la boca de metro y no bajo las escaleras. Mi piso está a una hora larga a pie, pero tengo tiempo, ante mí tengo todo el tiempo con el que pueda soñar.

8

Noé no dice nada, preso de una tormenta de emociones contradictorias. Últimamente, su pequeño universo se ha visto alterado en todos los sentidos. Le cuesta lidiar con esta novedad extraña en la ecuación de su vida. A Aziliz, en cambio, le brillan los ojos.

—Entonces, ¿no vas a volver a la oficina nunca más? —me pregunta.

—Nunca. Además, aunque quisiese, después de mi comportamiento de hoy sería imposible. ¡Estoy acabado!

—¡Muy bien! ¡La verdad es que no me esperaba algo así! Lo has hecho genial, Gab.

Su alegría me hincha el corazón y aplaca momentáneamente las dudas que empiezan a atormentarme. Pero mi anuncio no es más que el preámbulo de la gran pregunta, la que se sigue de mi decisión. Aziliz no espera, suelta la bomba:

—Y ahora, ¿qué hacemos?

La pregunta suena a promesa, pero resuena también como una amenaza. Me caen encima sus implicaciones profundas, sin miramientos. Hay que tener un techo, alimentarse, sobre todo a partir de ahora, que soy responsable de una niña. No puedo reaccionar de cualquier manera. Además, ¿qué voy a hacer? ¿Volver a buscar un puesto como jurista en alguna sociedad anónima y trabajar en la destrucción de todo lo que tiene sentido para mí? ¿Buscar trabajo de cajero? ¿Repartir pizzas? Me parece imposible regresar a semejante estado de negación de mí mismo; la puerta que he franqueado no tiene vuelta atrás. Ante mí se abre lo desconocido y en cada fibra de mi ser siento que ha llegado la hora de transformar de manera radical todos los aspectos de esta existencia que, de momento, me gusta tan poco. Con todo, a una parte de mí le horroriza la idea de haber dado este gran salto al vacío. En mi interior compiten la aprensión y la excitación ante el territorio virgen en que acaba de convertirse mi vida. Por ahora, la energía liberada por mi dimisión vibra todavía en todo mi ser y me siento capaz de mover montañas... aunque no tenga el menor plan en mente. Devuelvo la pelota.

—¿Qué pensáis vosotros que podemos hacer ahora?

Noé permanece mudo, perplejo. Aziliz frunce el ceño mientras su cerebro funciona a pleno rendimiento.

—Por encima de todo, tenemos que hacer lo que queramos, y eso es muy muy difícil... sobre todo para los mayores —concluye al cabo de un tiempo de reflexión.

—¿Lo que queramos? ¿Como pasarnos el día jugando al Magic y no comer más que pizza? —propone mi primo, que ve la oportunidad de mantener su vida tal y como está.

—¡No, mucho mejor! Debemos hacer lo que deseamos desde siempre y no nos hemos atrevido a confiar en que ocurra —exclama Aziliz, antes de añadir en voz baja—:

Debemos cumplir el sueño oculto en lo más profundo de nuestro corazón...

Se vuelve entonces hacia Noé y le mira fijamente a los ojos.

—Bueno, cuéntanos, ¿cuál es tu sueño?

Mi primo se queda plantado delante de ella, con la boca abierta como un pez fuera del agua, incapaz de responder.

—Cuando eras un niño —continúa ella—, no decías que, cuando fueras mayor, te gustaría vivir en un piso pequeño y pasarte el día jugando con videojuegos sin salir nunca de casa, ¿verdad? Nadie piensa así.

Noé se pone rojo; la brusca descripción de lo que ha sido de su vida le ha tocado la fibra. Se atreve a lanzarse:

—Yo... antes de... cuando éramos unos críos, tenía un gran proyecto con Gabriel. Queríamos crear una especie de Rivendel...

—¿Como la ciudad de los elfos de *El señor de los anillos*? —pregunta Aziliz, emocionadísima de pronto.

—Sí, bueno... era para...

—Nos parecía que el mundo era demasiado feo —intervengo yo, acudiendo en su rescate—, así que pensamos que, como no podíamos cambiarlo todo nosotros solos, nos limitaríamos a buscar un sitio, algunas áreas de tierra, y lo convertiríamos en un verdadero rincón del paraíso, a imagen del mundo con el que soñábamos, con la esperanza de que otros se sintiesen inspirados e hiciesen lo mismo en otra parte, hasta que se transformase la tierra entera.

—¡Es una idea genial! ¿Por qué no lo hicisteis?

—Era tan complicado… No teníamos ni el dinero ni la capacidad…

—Yo había empezado los estudios de arquitectura por esa razón —añade Noé—, luego…

—La vida pasa, pero no siempre como pensábamos…

Tras reflexionar unos segundos, Aziliz retoma la palabra:

—Pues, bueno, ¡hagámoslo ahora!

Haciendo caso omiso de nuestras expresiones titubeantes y gesticulando mucho con los brazos dice:

—Mi sueño es criar abejas. Son unos insectos que están muy bien. Además, están en peligro. Hay que salvarlas sin falta. Y la miel está buenísima. ¡Plantaremos un montón de flores para alimentarlas y tendremos un jardín precioso! Será muy guay ocuparme de las colmenas en vuestra Rivendel, ¿verdad?

Nos mira con intensidad, primero a uno y luego al otro.

—¿Dónde lo haremos?

—¡En Bretaña! ¡Es lo que teníamos pensado desde el principio!

Estupefacto, me vuelvo hacia Noé, que responde de inmediato, sin sombra de aprensión. Él, que lleva siete años sin pasar del rellano, se ha visto arrastrado por la euforia de Aziliz y está listo para seguirla sin inmutarse a más de quinientos kilómetros de aquí.

—¡Qué bien, Noé, me encanta Bretaña!

Aziliz se pone a deambular de inmediato por el salón gritando:

—¡Nos vamos a Bretaña, nos vamos a Bretaña…!

Noé no tarda en imitarla.

Este repentino entusiasmo me supera por completo y las decenas de problemas que implica esta decisión repentina desfilan a cámara rápida por mi mente. A pesar de las ganas locas de cambiarlo todo que me invaden también a mí, no puedo olvidar que soy responsable de una niña de diez años, de su bienestar, de su seguridad. Con todo mi pesar decido detenerlos y poner de manifiesto la imposibilidad de hacer realidad esa idea. Cuanto más tarde en hacerlo, más dura será la caída.

—Lo siento, pero no creo que sea factible. Un proyecto así no se improvisa. ¿De dónde sacaríamos el dinero?

—¡Eso ya llegará, en su momento! —replica Aziliz al instante—. ¡Mamá siempre me dice que la vida nos ayuda cuando seguimos nuestra propia leyenda!

—Es fácil decirlo. Si el dinero creciese en los árboles… Incluso dejando eso de lado, ¿cómo iríamos hasta allí? ¿A pie? ¿Dónde dormiríamos? ¿En los bosques? ¿Al raso? ¿Y los días de lluvia? ¿Y en invierno?

—Pues vamos en tren o hacemos autoestop —responde Aziliz con confianza.

—¡O a caballo! —añade Noé.

—Y para dormir, ya lo veremos —continúa Aziliz.

En su mente ya ha emprendido el viaje. Nada parece detenerla, ni el miedo, ni el frío, ni siquiera la miseria. Tiene la fe de su edad, y aún más. Pero Noé no. Él vive en un mundo de fantasía, ha sufrido demasiado la realidad para pasar por alto su poder de destrucción. Sus viejos demonios vuelven a atraparlo de pronto. Su impulso vital, liberado apenas unos segundos, se quiebra de repente. Se queda inmóvil, y su voluminoso cuerpo se pone a temblar. Cobra consciencia de la magnitud del desbarajuste que esto supondría para él. Aziliz lo advierte, como yo, y cesa de inmediato su vorágine de felicidad para acercarse a él.

—No puedo —suelta Noé al tiempo que se hunde en el sofá.

Rompe a llorar. Aziliz se pega a él y le desliza una manita por la espalda.

—No puedo irme de aquí, es demasiado duro... Me encantaría, es mi mayor sueño, pero no soy capaz. No lo conseguiré. No lo conseguiré nunca...

No he vuelto a ver a mi primo en semejante estado de desamparo desde la muerte de su madre. Me dispongo a decirle que nos quedaremos aquí, que no tiene de qué preocuparse, cuando me viene a la mente la imagen de Noé enclaustrado en este piso dentro de cinco años, diez años, cincuenta años, sofocando su desgracia con los juegos virtuales. No, mi primo merece más que este simulacro de vida. Los tres lo merecemos. ¿Por qué no tiene que ser posible desafiar lo imposible? La vocecilla de la razón me advierte: no puedo correr este riesgo, soy responsable de la seguridad de mi sobrina y de mi primo antes que nada. Me niego a escucharla. ¿Qué sentido tiene sacrificar la vida en aras de la seguridad? Estoy harto de ser un zombi. Si la existencia no tiene nada más que aportarme, que aportarnos, ¿para qué continuar? Sin duda tenemos todos los pronósticos en contra, y es probable que nuestra fantástica odisea esté abocada al fracaso, pero ¿cómo podría mirarme al espejo cuando llegue la hora de la muerte si ni

siquiera he intentado la aventura? Me arrodillo a los pies
de mi primo.

—Eres Nominolwë, primogénito entre los elfos. ¡Claro
que estás a la altura! —le reprendo—. Has nacido para
seguir esta búsqueda. Además, tengo una idea que responderá a todos nuestros problemas…

Deja de sollozar y vuelve hacia mí sus grandes ojos de
color avellana.

—En resumen, necesitamos un medio de transporte.
También nos hace falta una base, un hogar transitorio
hasta que lleguemos a la tierra prometida. Es posible que
la errancia sea larga, pero ¿sabéis qué?

Me miran fijamente a la espera de mi respuesta, sin
intentar adivinarlo siquiera.

—¡Creo que merece la pena intentarlo! Debo de tener
entre cinco y seis mil euros en la cuenta de ahorros. Es
suficiente para vivir los primeros meses en modo racionamiento y para comprar una furgoneta. Podremos llevar en
ella nuestras cosas y dormir en su interior. Nos protegerá
de la lluvia. ¡Será algo así como nuestro castillo ambulante!

Aziliz se presiona las mejillas con las dos manos.

—¡Es una superidea! ¡Eres genial, Gab!

Noé no contesta. Juguetea con la lengua en el carrillo,
como si sopesase los pros y los contras. Esperamos ansiosos su respuesta, que acaba soltando en forma de pregunta:

—¿Podemos llevarnos el sofá?

9

Es la primera vez que utilizo el cuaderno que me regaló Clara… La emoción que me embarga es tan intensa como incalificable. ¿Se trata de miedo? ¿De alegría? ¿De emoción? No sabría decirlo. Una mezcla de esas tres cosas, quizá. Aquí sentado en el rellano en plena noche, debo de parecer idiota. Dudo de confesarme en estas páginas en blanco. Aun así, tengo ganas de soltarlo todo, y la idea de escribir en este cuaderno es como si conversara con mi hermana. Busco las palabras durante mucho tiempo. Perdidas en los recovecos de mi mente, tardan en llegar, en encontrar el camino. De repente ahí están, comienzo a garabatear a una velocidad sorprendente.

No sé si de verdad puedes oírme desde donde estás, como cree tu hija, pero si es el caso, hermana mayor, sería fantástico. Me encantaría que estuvieses aquí para aconsejarme, para guiarme. Tengo miedo de hacer alguna tontería con Aziliz, con Noé. La aventura que vamos a emprender me parece completamente disparatada, absurda, irrealizable… Aun así, si no lo hago, ¿a qué quedaremos reducidos cuando el tiempo haya cumplido su función de apisonadora? ¿A almas consumidas por una vida insípida? Espero que lo que voy a hacer sea lo correcto. Espero que estés de acuerdo conmigo. Pero ¿cómo puedo saberlo? Tendré que vivir con la duda. Así pues, quiero que lo sepas: aunque esté confundido, aunque no sea suficiente, de verdad que hago todo lo que puedo...

Permanezco largo rato con los ojos cerrados.

—Te echo de menos, ¿sabes? —añado después en voz alta—. Mucho... Te quiero, Clara. Te quiero, hermana.

Cierro el cuaderno con suavidad y me limpio una lágrima que resbala por mi pómulo, luego entro de puntillas en la casa dormida.

Estoy sudando, y tengo la espalda y las rodillas doloridas, pero un orgullo inmenso me hinche el corazón ante lo que veo. Ahí está, nuestro castillo ambulante, nuestro navío, amarrado al pie del edificio, listo para acoger el equipaje para la gran travesía. Es un Renault Master de los años noventa de dieciséis metros cúbicos, blanco de origen —un origen lejano— y bastante deteriorado. Lo hemos bautizado como Ávalon. El arranque, a veces errático, y el armazón, con múltiples abolladuras, de esta furgoneta apuntan a que ha tenido una vida plena. Puede que nuestra carraca no tenga buena pinta, pero, aun así, es nuestro hogar, y a nuestros ojos resplandece como el más noble de los navíos.

Tan solo han pasado tres días desde que tomamos la gran decisión. El tiempo de encontrar nuestro bólido, negociar la rescisión del contrato de alquiler, cerrar mi cuenta de ahorros y hacer los preparativos de nuestra búsqueda. He hecho la mayor parte de la mudanza con Aziliz. Noé me ayudó a bajar las piezas más pesadas del equipo, lo hicimos por la noche para evitar que se cruzara con la multitud diurna. Hemos arreglado el interior de un modo improvisado y algo precario, pero tenemos lo esencial: el sofá, en el que podremos dormir los tres, un hornillo de gas, provisiones de pasta y salsa de tomate para alimentarnos, agua suficiente para atravesar un desierto, un mapa y una guía turística de Bretaña. Sin olvidar la colección de cómics, claro.

Ha llegado el día de partir y estamos listos. Se impone un discurso para dirigirse a la tropa.

—Compañeros, es la hora. Lo que dejamos atrás lo conocemos demasiado bien. Lo que nos espera, en cambio, es lo desconocido, un misterio. Nuestra búsqueda es peligrosa, pero la emprendemos en cuerpo y alma. ¡Qué importa el peligro para quien tiene sed de algo nuevo! Sea cual sea el resultado, tanto si nuestros esfuerzos se ven recompensados con el éxito como si están abocados al fracaso, en el momento en que haga girar la llave de contacto, enorgulleceos, porque quien se atreve a perseguir su sueño, quien se embarca en la gran búsqueda de su existencia, ¡abandona el mundo de los mortales para entrar en el de los héroes y los locos! Supera su condición de sumisión para convertirse en el creador de su propia vida. Hemos decidido forjar nuestro destino, sabed que no habrá vuelta atrás.

Tiendo la mano hacia el centro del círculo que formamos en la acera delante del Ávalon, y grito en la noche:

—¡Hasta el final de nuestros sueños!

Aziliz y Noé colocan sus manos encima de la mía.

—¡Hasta el final de nuestros sueños!

—¡Hasta el final de nuestros sueños!

Intercambiamos miradas intensas, decididas. Es un gran momento. Aziliz sube a la cabina y se sienta en el asiento central, a la izquierda de Noé. Ahora me toca a mí. Siento que se me hunde la espalda con suavidad en la espuma del asiento; mis dedos acarician unos instantes el volante de plástico negro, y por fin me decido a introducir la llave en el contacto. La furgoneta carraspea varias veces antes de arrancar. Enciendo los faros, pongo primera. El Ávalon se aleja del embarcadero hacia el pontón central y lo sigue hasta la desembocadura de la place de la Nation.

El 19 de julio, a las 3.47 de la mañana, una carraca blanca y sucia abandona París con toda su tripulación en busca de su nuevo destino.

10

Las primeras luces del alba dotan el campo de un halo de misterio cuando franqueamos la frontera de las Marcas Bretonas. El Ávalon surca la bruma matinal dejando a su paso una estela de asfalto. El ronroneo del vehículo arrulla a mi sobrina y a mi primo. Hace rato que han capitulado ante los asaltos de Morfeo. Dudo de despertarlos para indicarles que acabamos de pasar un cabo. Abandono la idea. El viaje está lejos de haber terminado, es inútil que desperdicien sus fuerzas. Aziliz está acurrucada como un gatito contra el hombro de Noé. La angustia que la niña ha experimentado al volver a subir a un vehículo después del accidente se ha ido disipando con el correr de los kilómetros. Ahora mismo duerme como una bendita. Saboreo este momento de soledad y silencio que precede a las vilezas del día. En estos instantes suspendidos entre el día y la noche, en los que la noche ya no es noche, y el día aún no es día, tengo la impresión de que todo es posible, como si el mundo hubiese vuelto a su estado virginal y todo estuviese por crear. Es la promesa del alba, que trae consigo la esperanza disparatada de que no hay nada sentenciado y solo depende de nosotros decidir cambiarlo todo. El disco solar asoma de pronto en el horizonte proyectando su luz rosada sobre los campos de trigo. Me pregunto por dónde comenzar nuestra búsqueda. ¿Por qué punta abordar este territorio inmenso? En cualquier caso, por aquí no, la naturaleza exuda humanidad: sin lugar a dudas, las pocilgas y los silos que nos rodean acabarían con el sueño que nos habita. No hemos hablado realmente de nuestro destino. Preferimos confiar en el viento y el anhelo de nuestros corazones para que nos guíen. De pronto eso me parece algo ingenuo. De lo único de lo que estoy seguro es que debemos huir del simulacro de tierra que rodea a la capital bretona. Debemos ir más lejos, adentrarnos en el corazón de las landas y los bosques misteriosos. Convencido de ello, decido que nuestra primera escala será Brocéliande. Sé que a Noé le va a encantar. Si es cierto que los elfos existieron alguna vez, es probable que vivieran allí. Mi primo no me contradecirá.

—¡Gira a la derecha, justo ahí!

—¿Por la pista de tierra?

—Sí, lo percibo.

Ni se me ocurriría oponerme a semejante argumento. Tras recorrer el campo durante buena parte del día, empiezo a confiar en la intuición de Aziliz. Gracias a su olfato, hemos descubierto varios sitios interesantes.

Lejos de estar a la altura de su imagen de bosque mítico de corazón insondable, Brocéliande está fragmentado en parcelas de campos, plantaciones de coníferas y de algún bosque realmente antiguo. La carretera que transitamos —más bien debería llamarla sendero— transcurre entre dos grandes plantaciones de maíz. Es tan estrecha que la cabina del Ávalon a veces roza los troncos que flanquean el camino de tierra, el cual no parece muy prometedor. Y sin embargo… una vez alcanzamos lo alto de la colina, descubrimos un valle pequeño que desciende hasta un pequeño lago de ensueño rodeado de robles musgosos y de avellanos. Aparco en la entrada de un claro, tranquilo porque en este espacio podré dar marcha atrás, luego me tomo un tiempo para observar el paisaje que nos rodea. Noé es el primero en saltar del vehículo.

—¡Podríamos instalarnos aquí! —exclama con una alegría infantil.

Aziliz asiente enseguida.

—¡Pues claro! Para empezar, viviremos un tiempo en el Ávalon, ¡luego construiremos una cabaña sobre pilotes en medio del lago!

—Y otra en ese árbol de ahí. —Noé echa más leña al fuego.

—Y allí pondremos las colmenas —añade ella señalando con el dedo un bosquecillo de castaños.

Se vuelven los dos al mismo tiempo hacia mí y me interrogan con la mirada para conocer mi opinión. No puedo evitar sonreír.

—Es un poco más complicado que eso… Para empezar, este terreno debe de pertenecer a alguien…

—Pero ni siquiera lo sabrá. ¡Está claro que hasta aquí no viene nadie! Siempre lo complicas todo…

—Aziliz tiene razón, Gabriel. Aquí nunca viene nadie, no nos molestarán…

—Bueno, aunque hagamos caso omiso de las dificultades que esto entrañaría, debemos visitar otros lugares antes de tomar una decisión, ¿no os parece? Es verdad que esto es muy bonito, pero ¡estoy seguro de que podemos encontrar algún sitio aún mejor!

El argumento cala.

—Es verdad, no tenemos prisa —concede Aziliz—. Debemos elegir con cuidado para no arrepentirnos de nada.

—Y siempre podemos volver aquí si queremos —concluye Noé, encogiéndose ligeramente de hombros.

Me enorgullezco de mi estrategia. Me evita una polémica que habría vuelto a ponerme en el papel que detesto, de adulto realista que refrena a los utopistas y destruye sus sueños.

Por fin aparecen las primeras estrellas. Las vemos reflejadas en la superficie del lago que se extiende a nuestros pies. Hemos salido de la furgoneta y hemos instalado el sofá a unos pasos de la orilla. Con una eficiencia pasmosa, Noé ha encendido una hoguera sobre la que hierve a fuego lento una sopa de tetrabrik. Su regreso al mundo real está yendo mejor de lo que me había temido, aunque se haya angustiado varias veces a lo largo del día, sobre todo cuando nos hemos parado en el pueblo de Paimpol para comprar en una panadería. Al final, ha conseguido evitar verse superado por esos breves ataques de ansiedad. Ahora que está aquí, delante del fuego, lejos de toda agitación humana, parecen olvidados. Con los pies en la hierba y la cabeza en las estrellas, me siento perfectamente en mi sitio. La pregunta que me formula Aziliz me echa de este paraíso efímero.

—Y mañana, ¿adónde vamos? ¿Empezamos a buscar casa?

Retiro la sopa del fuego en silencio mientras busco una respuesta.

—¿Y cómo la compraremos, angelito? Con nuestro presupuesto no podemos ni alquilar una. Si, como crees, nos guía una buena estrella, va a tener mucho trabajo. Este mundo mercantil no tiene nada que ofrecer. Todo se adquiere con dinero, como sabes, y nosotros no tenemos mucho.

Me interrumpo con brusquedad al ver su rostro confundido. Debería haberme guardado estas reflexiones para mis adentros. Prefiero no pensar en el enorme abismo que produce en mí la precariedad de nuestra situación. Sobre todo no debo caer en ese precipicio.

—Deberíamos tomarnos algunos días para explorar —propongo—, como cuando estamos de vacaciones. Aprovechamos para vagar, descubrir la región, tomar nota de los lugares que más nos gustan… ¡Pasarlo bien, sin más!

—¡Por mí vale! Noé y tú habéis estado a menudo en Bretaña, ¿no? Debéis de conocerla bien.

—De hecho, la madre de Mima, o sea, tu bisabuela, tenía una casa cerca de la costa, en la zona de Lannion. Cuando éramos pequeños pasábamos allí todos los veranos, pero no conocemos nada del resto.

—¿Queréis vivir en la zona de Lannion?

—No. En nuestra imaginación queríamos dirigirnos al interior. No solo es mucho más barato, sino que, sobre todo, es mucho más auténtico. A orillas del mar, siempre hay un montón de turistas en verano, y casi todas las casas están vacías en invierno.

—Además, ¡queríamos vivir en un bosque! —añade Noé.

—Es curioso —digo como para mis adentros—, la Bretaña con la que siempre hemos soñado no es la que conocimos. Nuestra Bretaña es la de las landas, los megalitos escondidos en el fondo de claros, los pueblecitos alejados de todo en los que todo el mundo se conoce.

—Pinta muy bien vuestra Bretaña. ¡Me muero de ganas de encontrar nuestro sitio!

Tumbados los tres en el viejo sofá con la bóveda celeste como único techo, tenemos la impresión de fundirnos con el infinito. Es la primera vez que duermo al raso y me encanta perderme en esta inmensidad celeste. La respiración lenta y ligeramente sibilante de Noé me arrulla con dulzura.

—Cuando miro el cielo así —me susurra la vocecilla de Aziliz— y lo veo tan grande, pienso que siguen ahí, en alguna parte, mirando la noche, como yo…

No hace ninguna falta preguntarle de quién habla. El recuerdo de sus padres despierta en mí la duda que me asalta desde que partimos. ¿Estarían de acuerdo con mi decisión de dejarlo todo o me acusarían de loco, de inconsciente, de poner en peligro a su hija? Aziliz continúa:

—Sé que todos estos cambios te dan miedo, Gab, pero no tienes de qué preocuparte. Nos guía mamá, ¿sabes?, y ella no permitirá que nos ocurra nada malo.

—Me gustaría… Me encantaría que tuvieras razón…

—Y a mí me encantaría que pudieses sentir su presencia como la siento yo, para que no tengas más dudas. Y porque eso haría que te sintieras bien…

La cojo entre mis brazos. Tiene la mejilla húmeda.

—¿Por qué lloras si la notas tan presente?

—Porque nunca volveré a escuchar su voz murmurándome que me quiere ni volveré a sentir su mano acariciándome la frente. Y a eso no sé si me acostumbraré algún día…

La estrecho en mi pecho.

—Yo también la echo de menos, ¿sabes…?

—Lo sé.

Por encima de nosotros, parece que la luna creciente nos sonría. El astro de la noche nos promete que todo irá bien…

11

Ya hace una semana que peinamos el campo. Primero visitamos Morbihan, demasiado turístico para nuestro gusto, luego atravesamos los austeros montes de Arrée hasta el extremo oeste. Allí nos bañamos en la punta del Raz al anochecer. Después nos dirigimos al centro, ya que nos parecía más susceptible de responder a nuestras aspiraciones. Varias reuniones con notarios y agentes inmobiliarios confirmaron lo precario de nuestra situación. A pesar de que los precios son bajos en el corazón de las tierras armoricanas, la compra no nos la podemos plantear, y alquilar me obligaría a buscar rápido una fuente de ingresos. ¿A qué podría dedicarme yo en el fondo de este campo salvaje? Pedir el subsidio por desempleo no es una solución viable: informarían al servicio de tutelas, con toda probabilidad, y revocarían mi derecho de tutela. Además, este periplo merma nuestro escaso presupuesto a gran velocidad, principalmente en gastos básicos. Es necesario encontrar una solución rápidamente, pero no tengo ni la menor idea de qué hacer. Por el momento, me consuela pensar que no podría haber actuado de otro modo y que algo surgirá, con toda seguridad. Así pues, me esmero en seguir esta especie de premonición que indica que, en definitiva, todo es cosa del destino, pero me temo que pronto no bastará con eso.

La roca que se alza hacia el firmamento es enorme, una ofrenda mineral hecha al cielo por un pueblo del que ya no sabemos nada. Noé la descubrió al trepar a lo alto del haya majestuosa cerca de la cual aparcamos. Me recuesto sobre la roca. El musgo esponjoso que cubre la parte inferior acoge mi espalda tensa y me deslizo contra ella lentamente hasta el suelo. Con los ojos cerrados, para despejar la mente intento disipar las dudas que me asaltan cada vez con mayor frecuencia. Una sensación nueva comienza a crecer poco a poco, partiendo de mi pelvis y extendiéndose despacio por el resto de mi cuerpo. Una energía embriagadora palpita en mi interior y todas las fibras de mi ser se estremecen. Mis miedos se desvanecen poco a poco mientras me dejo dominar por la extraña presencia. El único pensamiento que me viene a la cabeza mientras dura este fenómeno es: «Todo va bien, ¿por qué preocuparse por lo que no está? Aquí y ahora, todo va bien». Al cabo de un tiempo cuya duración soy incapaz de calcular, este flujo de energía se va tal como ha venido, poco a poco. Me levanto lleno de una savia nueva, con la cabeza aún en otro lugar, pasmado por esta experiencia inédita. No doy más de tres pasos cuando me asaltan de nuevo las inquietudes, pero, fortalecido por esta purificación, no dejo que me invadan, sino que incluso las rechazo sin dificultad. Me giro entonces y uno las manos a la altura del corazón en señal de gratitud hacia el megalito. Mi comportamiento animista hace que aflore una sonrisa a mis labios al alejarme de la piedra mágica.

Más tarde, sentado bajo el haya junto a la cual nos espera el Ávalon, escribo en el cuaderno mi extraordinaria experiencia mineral antes de llenar varias páginas con las dudas que me asaltan de nuevo, como si el hecho de escribirlas tuviera el poder de exorcizarlas. Pero ¿es tan sencillo? ¿Mis palabras tienen algún poder sobre mi existencia? Cierro el cuaderno y levanto la cabeza. El cielo se ha dejado invadir por nubes negras, reflejo perfecto de mi estado interior. La experiencia del menhir me parece lejana ahora, y llego a dudar de que haya sido real. ¿Y si no era más que una ilusión?

La lluvia se abate de pronto sobre el suelo con una fuerza increíble, y el cielo plomizo cobra vida de inmediato con una serie de relámpagos. Me precipito al interior de la furgoneta. Mientras el aguacero martillea el habitáculo, a través del parabrisas veo a Noé, que cubre la cabeza de Aziliz con su chaqueta. Los oigo reír a carcajadas mientras corren a toda velocidad hacia el Ávalon. Sonrío pero me siento cansado, harto de esta vida errante. Sin embargo, es todo lo que nos queda, lo único que nos separa de la nada, del vacío... Del fracaso. Aun así, sigo sonriendo y les abro la puerta.

12

Imaginad a alguien que decide cambiar su vida de arriba abajo. Tendrá que planificar con una precisión implacable una transformación tan radical de su existencia. Para empezar deberá decidir dónde vivirá, en qué región, en qué lugar exacto, y después, qué tipo de vivienda desea: ¿casa, apartamento o cabaña? Por supuesto, la cuestión económica está directamente relacionada con su elección. ¿Cómo financiará la compra o el alquiler? ¿Con qué presupuesto cuenta? ¿Qué tipo de actividad desea desarrollar como fuente de ingresos? ¿Qué formación, preparación, inversiones requiere el nuevo proyecto? Deberá calcular su viabilidad, efectuar un estudio previo, prever las dificultades a las que tendrá que hacer frente. Un proyecto de tal magnitud ha de prepararse con anticipación y una minuciosidad extrema, en especial si el individuo en cuestión tiene personas a su cargo, un niño y un primo incapacitado desde el punto de vista social, por ejemplo.

Sí, lo sé, he hecho las cosas sin pensar, pero jamás me habría movido de mi piso parisino de un dormitorio de haberlas hecho en el orden correcto. Nuestra decisión de dejarlo todo comportaba tantos problemas irresolubles, tantas incógnitas, que la única solución razonable habría sido el inmovilismo, es decir, encontrar una nueva compañía de seguros, solicitar un puesto, reproducir la misma pauta… No era factible. Entonces, puestos a escoger entre dos imposibles, elegí cortar con toda racionalidad, dejarme llevar por una inconsciencia eufórica, dejando de lado mis dudas al refugiarme en la vaga idea, inspirada por Aziliz, de que todo se resolvería de forma natural a su debido tiempo. La primera parte funcionó: tuve el valor de partir, de abandonarlo todo por una quimera, un proyecto adolescente bañado por el género fantástico. La segunda no funcionó en absoluto. Solo en el mundo interior de las niñas soñadoras se resuelve todo como por arte de magia. En la realidad, los resultados que obtenemos son la consecuencia directa de las opciones que escogemos, de las acciones que llevamos a cabo. Preferí negar esta evidencia. Y aquí estoy, en calidad de líder de una pequeña tropa compuesta por una niña y un soñador antisocial, llenos de fe y de esperanza… y yo, yo los conduzco hacia un fracaso monumental. No sé por qué se me ocurre esto ahora, en medio de esta carretera llena de baches, pero lo cierto es que en este preciso instante la realidad elige venírseme encima con la violencia de un yunque arrojado desde un avión. La ansiedad que me embarga me causa tales estragos que me veo obligado a parar en el arcén. Me asfixio.

—¿Estás bien, Gab?

Intento sonreír. Imposible.

—Yo… creo que necesito descansar un poco —digo boqueando.

La fina lluvia que empaña el paisaje desde la mañana parece haber atravesado las paredes de la furgoneta para helarme hasta los huesos. Hemos perseguido nuestro sueño… y aquí estamos, dentro de este montón de chatarra, perdidos en medio de la nada, sin dinero, sin proyecto, sin futuro. No soy digno de ocuparme de Aziliz, no estoy a la altura. No hace ni un mes que está bajo mi tutela, ¡y mirad el desastre! ¡Mirad adónde la he traído! No tengo derecho de hacerle esto. Con Noé es distinto. Nuestra vida ya era un fracaso absoluto antes de la llegada de Aziliz. No nos hace falta que nadie nos recoja si caemos un poco más… Pero a ella, ¿quién va a recogerla? Otros sabrían cuidar mejor de ella, está claro. Mi madre o los padres de Ludo, si fuera necesario, pero yo no, sin duda. Yo no soy capaz. Dios sabe que lo he intentado, que quería hacerlo bien, pero eso no es suficiente. No, me niego a arrastrarla en la caída con nosotros. No puedo seguir así.

Se me quiebra la voz cuando les anuncio:

—No podemos seguir así. Tenemos que hablar. Hablar de verdad.

Pequeño milagro, la lluvia ha cesado en el momento en que hemos parado. En el horizonte incluso aparece un pedazo de cielo azul, pero no basta para subirme la moral. Me tiembla el cuerpo de frío y de emoción, y lucho por no romper en sollozos. Primero tengo que ir hasta el final, hablar con ellos. Acordamos buscar un sitio donde instalarnos antes de iniciar la conversación.

Hemos llegado. Estamos en la linde de un bosque. Nos

quedamos largo rato en silencio, sentados los tres en el sofá, con la puerta de atrás de la furgoneta abierta a las nubes negras que desfilan por encima de los árboles. Noé se mira los zapatos; Aziliz se ha echado a llorar, y yo ni siquiera he abierto la boca todavía. Al cabo de unos segundos que parecen horas, me lanzo por fin.

—No podemos continuar. Creía en eso como vosotros, pero es una locura. No es Rivendel lo que nos espera, es una vida enmohecida dentro de esta chatarra. No tenemos casa, ni dinero para pagar tres meses de alquiler siquiera… ¿Quién alquilaría una casa a gente como nosotros, sin ingresos, sin garantías? Sobre todo porque yo no sé hacer nada con estas manos… Lo único que he aprendido es a desenterrar jurisprudencia de litigios para ayudar a las multinacionales a ganar aún más dinero… Incluso si quisiera retomar ese trabajo, que no es el caso, solo en París podría hacerlo… He dado vueltas al problema en todos los sentidos y no veo otra solución: debemos parar aquí.

Las palabras me abrasan la garganta. Veo a Noé doblarse por la impresión, pero mi decisión tiene el efecto contrario en Aziliz: ella se endereza con energía.

—¡No podemos abandonar así como así! ¡En las búsquedas más importantes, los héroes siempre tienen dificultades, pero siguen creyendo en lo que persiguen y acaban llegando a donde querían ir! ¡Lo encontraremos, estoy segura!

—¿Y qué te imaginas? ¿Que nos van a dar una casa, así sin más? ¿Que vamos a descubrir un tesoro escondido en el tronco hueco de algún árbol viejo? En la vida real las cosas no son así.

—Solo tenemos que volver al lago del principio —propone Noé, algo reanimado por la historia del árbol del tesoro.

—No podemos. Pertenece a alguien. Por allí pasan tractores, y también cazadores en invierno, nos verán enseguida. Ya no existen tierras salvajes. Aquí todos los terrenos son de alguien.

—¿Y qué propones? ¿Regresar a París, al apartamento? ¿Que volvamos a lo mismo? —espeta Aziliz, enojada de pronto.

—No… Lo siento, angelito, pero debo rendirme ante la evidencia: no estoy a la altura para ocuparme de ti. Voy a pedirle a Mima que te cuide.

La noticia deja a mi sobrina paralizada. Se queda unos instantes con la boca abierta… hasta que estalla.

—¡Y decides lo que te parece sobre mi vida! Como las cosas no van tan bien como esperabas, como es un poco más difícil de lo previsto, ¡hala!, te deshaces de mí, ¡sin pedirme siquiera la opinión! ¡Sin saber qué quiero yo! Crees que sabes mejor que yo qué es lo que me conviene solo porque soy una niña ¿no?

—Aziliz…

—¡Cállate! ¡Cállate! —grita ella—. ¡No tienes derecho a hacerlo! ¡No tienes derecho a decidirlo todo por mí como si yo no existiese, como si no fuese más que un objeto! ¡No es justo! No es justo…

Su rabia se aplaca de forma tan repentina como ha surgido y la deja acurrucada, llorando en el sofá.

—Aziliz… Lo siento. Tienes razón, debería haber hablado antes contigo. Vamos a hablar ahora. Porque no es por ti, sino por mí. Tú eres perfecta, todo lo que podría haber soñado. Yo, en cambio, no soy capaz de cuidar de ti como debería. Mima sí sabrá hacerlo.

—Y entonces, ¿quién se ocupará de ti? ¿Y de Noé? Adoro a Mima, pero ella no me necesita, ella ha entendido la vida, cómo funciona, no como vosotros...

Sus palabras me producen el efecto de un electrochoque que me deja mudo. Se endereza. Su mirada ha recuperado la confianza.

—Escúchame bien, Gab, me niego a marcharme, así que busca otra solución —me anuncia con determinación.

Vacilo unos instantes.

—Pero ¡qué quieres que haga! He explorado todas las posibilidades, y no hay salida. En cualquier caso, ninguna salida a la que esté dispuesto a someterte.

—Entonces hay que pedir ayuda.

La miro sin comprender.

—Mamá siempre me ha dicho que podemos pedir ayuda al universo cuando nos perdemos en la vida. El universo está ahí, en todas partes, y nos oye. Lo es todo y lo sabe todo, conoce y encuentra siempre la mejor solución.

Me contengo para no desmontar su creencia. No aceptará marcharse, irse a vivir con mi madre, si no intento poner en práctica su solución.

—Muy bien —digo—, intentémoslo con el universo. Pero yo no lo he hecho nunca, así que tienes que explicarme cómo funciona.

—Pues vale —Aziliz se acomoda bien derecha en el sofá—, concentrémonos en nuestra petición y demos las gracias al universo por ayudarnos, por guiarnos en la dirección correcta.

—Vale, probemos…

Me tomo el tiempo de instalarme con la espalda bien recta antes de cerrar los ojos. Me siento completamente ridículo implorando al Gran Todo para que nos encuentre un lugar donde alojarnos, un rincón de paraíso en el que por fin seamos felices, pero le sigo el juego.

—Hola, universo. Si nos escuchas, llévanos al lugar que nos espera —pido.

Apenas he terminado de pronunciar la frase empieza a sonarme el móvil. La coincidencia me perturba un poco. Me lo saco del bolsillo, miro la pantalla y leo «Mamá». Descuelgo.

—Hola, Gabriel. Hace tiempo que no tengo noticias vuestras, y quería saber qué tal iban las vacaciones con Aziliz.

—Eh… ¿las vacaciones? Eh, bien, bien, van bien… Espera, que Aziliz me está haciendo señas.

Tapo el micro para que mi madre no oiga las palabras de mi sobrina.

—Dile la verdad, dile que no estamos de vacaciones. Cuéntaselo todo —susurra Aziliz.

La interrogo con la mirada.

—Llama en el momento en que pedimos ayuda al universo. Es ella quien nos va a ayudar… Ya verás.

Me encojo de hombros. Llegados a este punto, más me vale seguir el juego hasta el final. De todos modos, si mi madre tiene que acabar haciéndose cargo de la custodia de Aziliz, debo contarle en qué berenjenal me he metido.

Inspiro hondo y le explico, algo avergonzado, la situación.

—En realidad, no estamos de vacaciones, mamá...

Acabo de colgar el teléfono y el corazón me palpita de forma ruidosa. Mis dos compañeros esperan temblando de emoción. Han comprendido parte del tenor de la conversación con mi madre, pero quieren conocer los detalles que se les han escapado.

Tras un momento de auténtico asombro, y de inquietud después de haberle expuesto la magnitud de los daños, mi madre ha recuperado su confianza natural en la vida. Enseguida me ha hablado del viejo caserío en ruinas que pertenecía a un tío suyo, ya fallecido. «Lleva en venta más de un año, pero de momento no hay comprador, lo que no me sorprende, dado el estado de la granja. Está completamente destartalada. Tal vez podríais instalaros allí por un tiempo, hasta que se venda. Al menos será mejor que vivir en una furgoneta, ¿no crees?».

Hemos encontrado un hogar. Un hogar provisional y en ruinas, pero al menos nos proporciona un techo bajo el que dormir.

—¿Y bien? —pregunta Noé, con los ojos brillantes.

—Prefiero avisaros antes de que os hagáis ilusiones: es una granja completamente en ruinas, y si se presenta un comprador, tendremos que hacer las maletas en tres meses.

—No pasa nada, ¡nos da igual! —exclama Aziliz reanimada—. Es allí adonde debemos ir. ¡Todo saldrá bien! Por cierto, ¿dónde está?

—En Loc-Envel, un pueblo muy pequeño del sur del Trégor...

—¿Trégor? Suena encantador—constata Noé, con chiribitas en los ojos.

—¿Y cuándo iremos a Loc-Envel? —pregunta Aziliz.

Me tomo unos segundos para reflexionar. No nos retiene nada, nadie nos impide hacerlo. Somos libres como el viento, y esa casa desierta nos aguarda. Quedan unas horas antes de que caiga la noche, el tiempo justo para llegar a Trégor antes del ocaso.

—¡Ya! Vamos ahora mismo.

13

El viento que ha barrido el pequeño valle y empujado las nubes hacia el este se ha visto sustituido por el sol de la tarde, que inunda el campo con sus rayos dorados. En el desvío de una carretera encastrada en el entorno forestal, aparece por fin Loc-Envel, majestuoso a la luz cálida que precede al crepúsculo. Este pueblo diminuto, dispuesto en la ladera de una colina, produce una impresión atemporal, como si algún gigante lo hubiese sacado directamente de su caparazón de granito en los albores del tiempo. Una extraña emoción me invade ante la belleza de este paisaje, una especie de nostalgia de un tiempo en el que todo era sencillo, en el que los humanos conocían a sus vecinos, comían lo que habían cultivado, sin transgénicos, sin productos químicos, y en las largas veladas invernales explicaban cuentos y encendían grandes fogatas que transformaban las austeras cabañas en palacios de sultán. ¿Cómo plantearnos dar marcha atrás después de haber experimentado esto? Posee una autenticidad que me conmueve y me da la impresión de que todo lo demás es tan solo una triste parodia. Mis años de vida en la ciudad me parecen tan lejos de golpe... aquel tiempo en el que pasaba de mi pequeño apartamento al trabajo en metro, y viceversa. Si de vez en cuando me apetecía acercarme a la naturaleza, tenía que cruzar interminables zonas comerciales e industriales para ver un poco de verde. Por primera vez en mi vida, tengo la impresión de haber encontrado mi sitio. ¡Oh!, no del todo. Sé que me queda un largo camino hacia mí mismo antes de tocar la esencia de mi verdadero ser, pero sentirse en el lugar correcto ya lo cambia todo.

Recorremos la larga calle curvada que atraviesa el centro cuando de pronto aparece la iglesia, un monolito de piedra puntiaguda coronada con tres campanas que el viento bate y resuenan en el firmamento, magnífica en su sencillez.

—¡Hemos llegado! —exclama Aziliz entusiasmada.

—Todavía no, nuestra granja no se encuentra dentro del pueblo. A partir de aquí, Mima me ha dicho que sigamos la dirección de Plounévez-Moëdec.

—¡De todos modos, esto es muy bonito! ¡Me encanta!

—¡Plounévez-Moëdec, es por ahí! —me grita Noé al oído, tan emocionado como Aziliz, al tiempo que señala con el dedo un viejo rótulo esmaltado, casi ilegible.

Por mi parte, no sé muy bien dónde estoy. Hace apenas unas horas estaba a punto de renunciar a todo, y ahora estoy aquí, cerca de alcanzar nuestro sueño, cerca de nuestro nuevo refugio. Desde que ocurrió el milagro (no sabría calificar de otro modo la llamada de mi madre), ya no estoy seguro de nada, y sin duda tardaré varios días en aplacar la tormenta emocional que agita todo mi ser. Entretanto, me dejo guiar por mi primo y sigo la pequeña carretera que él me indica a la derecha, a la salida del pueblo, para llegar a nuestro nuevo edén.

Ella tiene unos ojos azules enormes en los que me pierdo de inmediato. El viento juguetea con sus mechones castaños, que le avivan las mejillas pálidas. Me sonríe.

—¡Ah! Os equivocáis, estáis en Kernawen. El lugar llamado Kernaël está un poco más lejos. Debéis tomar la segunda carretera a la derecha y quedará a vuestra izquierda, al cabo de uno o dos kilómetros, si no recuerdo mal.

He comprendido que me había equivocado nada más llegar al patio de este lugar encantador, escondido entre árboles y flores. Ya había reparado en que había un coche aparcado, y el lugar parecía demasiado cuidado para ser la granja destartalada que ha descrito mi madre. Los muros del edificio, a pesar de su apariencia ancestral y las plantas trepadoras que los recubren, quedaban muy lejos de estar en ruinas. He admirado el tejado de la casa principal, compuesto de gruesas tejas de pizarra que se afinaban hacia la cumbrera, así como la cubierta de una pequeña construcción situada a la derecha de la casa. En ese momento la he visto salir por una puerta abovedada, parcialmente oculta por una madreselva imponente. Golpeado en pleno corazón por esta aparición onírica, a duras penas he conseguido balbucir las razones de nuestra presencia allí, ayudado en varias ocasiones por Aziliz cuando me hacía un lío o me atrancaba con las palabras.

No logro apartar los ojos de ella, a pesar de que soy muy consciente de que mi actitud corre el riesgo de resultarle desagradable. Las indicaciones que me da salen de sus labios como una melodía fresca y clara, no oigo más que sonidos cristalinos y no me atrevo a pedirle que lo repita por miedo a parecer un completo idiota; ya lo parezco demasiado, ahí plantado como un tonto delante suyo. Le sonrío, le doy las gracias y vuelvo al Ávalon intentando caminar recto junto a mi sobrina, que me tiende la mano. Aún no he cerrado la puerta cuando Aziliz me dice:

—¡Qué guapa es!

No, guapa no es la palabra para describir esta aparición. Lo que emana de esta bella desconocida es mucho más, es… una belleza que me atraviesa el corazón, una fragilidad que me deja indefenso, una gracia que me paraliza… Dudo un momento de volver para preguntarle su nombre, para hacerle saber, de una manera u otra, la increíble emoción que ha generado en mí. Sin embargo, arranco. Siempre he huido de las mujeres —muy pocas— que me han gustado de verdad…

Cuando por fin llegamos, la bella desconocida sigue acosando mis pensamientos. Aziliz, que ha prestado más atención que yo, ha retenido todas sus indicaciones y ha conseguido guiarnos hasta nuestra granja.

Un viejo castaño señala la entrada de la pista de tierra donde un cartel de madera, carcomido y prácticamente ilegible, indica Kernaël. Enfilo el estrecho camino dejado de la mano del hombre. La maleza cede bajo nuestro peso y roza el fondo de la carrocería, y las ramas bajas de los robles arañan el techo de nuestro castillo ambulante. El sendero ha regresado a su estado salvaje. Más de una vez pienso que no lograremos pasar. Finalmente, al cabo de unos centenares de metros, aparece el caserío en la anochecida. Apago el motor. El silencio es absoluto mientras observamos, con el corazón palpitante, nuestro nuevo hogar, erigido en lo alto de una colina: una austera casa de labor con el techo hundido, con extrañas aberturas, y un cobertizo de bloques de hormigón acoplado a ella cubierto con planchas de amianto. El patio está repleto de máquinas abandonadas. Un tractor oxidado, una ensiladora desmontada, un par de carrocerías de coche... Distingo una nevera destripada, una cisterna agujereada e incluso una lavadora sin ojo de buey, y hay muchas más cosas debajo de las zarzas que recubren el conjunto. La decepción de Noé y de Aziliz es evidente y resuena en la mía. ¿Así que esto es lo que el universo tenía previsto para nosotros? ¿Todo esto para venir a parar aquí, a este cementerio agrícola? Incluso el sol ha preferido ponerse para no ser testigo de nuestra turbación. Una vez más, el sueño se viene abajo, hundido sin previo aviso por la realidad. Cierto, la vista del valle es magnífica y el lugar está parcialmente rodeado de bosque, condición esencial para Noé, pero me temo que eso no va a ser suficiente.

—Bueno, no es exactamente Rivendel, pero aquí está nuestro nuevo hogar. ¿Lo inspeccionamos un poco más antes de que oscurezca del todo? —digo para romper el ambiente de desilusión.

Sin éxito. De todos modos, acabamos saliendo de la furgoneta. Con la ayuda de sus botas, Noé aplasta las zarzas y los cardos para abrirnos camino hasta la casa de labor. La vegetación se ha colado por una puerta arrancada por las bisagras y ha invadido parte del edificio. Entramos. Me cuesta acostumbrarme a la penumbra. Las escasas ventanas, en parte tapadas por las altas hierbas, apenas dejan pasar los vestigios del día. Utilizo mi móvil como linterna. Cruzamos con dificultad una sucesión de habitaciones diminutas, sumidas en un desorden increíble. Las paredes de escayola desmoronada están cubiertas de moho, y una capa de varios centímetros de polvo e inmundicia oculta el suelo de hormigón. El pesado ambiente me oprime.

—Vale... Está demasiado oscuro, esta noche no podemos hacer gran cosa. Dormiremos en la furgoneta y mañana ya veremos.

—Sí, yo necesito salir de aquí —me responde Aziliz.

Noé asiente, sin romper su silencio. Mantiene los dientes apretados hasta que llegamos al Ávalon.

—Podríamos quedarnos a vivir en la furgoneta. Esto no es de nadie, aquí estaremos tranquilos... no estamos obligados a vivir en la casa.

—Si el universo nos ha enviado aquí, es que es el lugar correcto —afirma Aziliz—. Es como esas búsquedas de la antigüedad, los héroes se ven sometidos a pruebas y deben mantener la fe, incluso cuando todo parece perdido. Porque la vida no se divierte haciendo que nos perdamos. Mi madre decía que no hace otra cosa que ofrecernos regalos, aunque no siempre los sepamos reconocer desde el principio. Ya veremos qué pasa cuando hayamos despejado el desastre. ¡Estoy segura de que podemos hacer algo agradable!

Asiento con la cabeza.

—Tienes razón. Esta noche hace bueno, podemos incluso sacar el sofá, colocarlo de cara al valle y preparar pasta con salsa de tomate mirando las estrellas.

—¡Yo me encargo del fuego! —suelta Noé.

—¡Te ayudo a buscar leña!

—Vale, yo voy a acercar la furgoneta, así será más fácil descargar.

Sonrío al verlos echar una carrera hasta la linde de un bosquecillo. Tal vez la granja no se parezca al lugar con el que soñábamos, y nunca tendremos los medios para reparar semejante ruina, pero aquí estamos, los tres, en casa, bajo la Vía Láctea, ¿no es eso lo más importante?

14

En una semana, el aspecto del lugar ha cambiado por completo. A un ritmo de cinco o seis idas y vueltas para descargar cada día, la casa ya está casi vacía. El viejo chatarrero del pueblo de al lado y su hijo han hecho maravillas en el exterior. Han pasado dos días amolando, desarmando y cargando los armazones oxidados que obstruían el lugar, e incluso nos han dejado algunos billetes a cambio de toda esa chatarra. A pesar de los siete años de inactividad total, Noé se revela como una verdadera fuerza de la naturaleza, capaz de acarrear montones de desechos, arrancar zarzas y segar cardos doce horas al día sin el menor signo de debilidad. Igual de diligente, Aziliz trabaja como una hormiga. Se ha puesto a limpiar metro a metro el suelo cubierto de restos, de pernos, tornillos, trozos de plástico, esquirlas de cristal, piedras... Perfeccionista, avanza lentamente, pero deja tras de sí espacios libres de cualquier desperdicio. Acompañando la obra del hada y del titán, yo me encargo de todo lo demás: cocina, conducción, compras, trámites administrativos... Reúno todo lo que podría resultarnos útil: mobiliario, colchones, mantas, además de todo lo que pueda arder, para calentarnos… Mi madre me dio permiso para volver a contratar el agua y la luz. De momento debemos lavarnos en un barreño con agua fría y tenemos electricidad gracias a un cable conectado directamente al contador (el panel eléctrico interior, totalmente oxidado, está fuera de servicio), pero ¡qué lujo! Hasta ahora, nos alumbrábamos con los faros de la furgoneta y las estrellas, y nos lavábamos en los arroyos… Si bien no es el paraíso esperado, mis compañeros de búsqueda han superado la decepción inicial y se han puesto manos a la obra en la misión de transformar las siniestras ruinas en un refugio decente.

Unos golpes sordos en la casa principal me indican que Noé está en plena acción. El muro se desploma justo en el momento en que me uno a él. De golpe y porrazo me veo cubierto de polvo de yeso. Cuando la nube de partículas se posa, aparece el espacio interior de la casa sin divisiones, salvo por las de un antiguo cuarto de baño que tenemos la esperanza de rehabilitar.

—He tirado la última pared —me anuncia mi primo con orgullo.

—Ya lo veo, es genial… Pero ¿no habíamos dicho que hoy nos tomábamos un día de descanso? ¿Sabes?, aquí hay trabajo para meses y meses, quizá incluso años. Si queremos mantenernos en pie, debemos cuidarnos un poco…

—Lo sé… Solo quería acabar esto, ya paro, ¡prometido!

Le sonrío.

—¡Vale! Bueno, te dejo con Aziliz. ¡Tengo que ir al

pueblo a comprar algo para celebrar el final de nuestra primera semana de obras!

—¿Traerás pizzas?

Una oleada de culpabilidad me sobreviene al arrancar el Ávalon. Siento remordimientos por dejarles creer que podremos quedarnos aquí de manera indefinida. Dicho esto, si soy realmente sincero conmigo mismo, yo también me hago ilusiones. ¿Por qué, si no, nos enfrascaríamos hasta este punto? Los tres necesitamos este proyecto, este sueño. Nuestra frágil aventura solo se sostiene con esa condición. Sin ella, ya no tenemos nada, ya no somos nada... Aparto de mi mente estas perspectivas sombrías y recuerdo otra preocupación, que, de algún modo, no ha abandonado mis pensamientos desde nuestra llegada: volver a ver a la bella desconocida. Llevo días haciendo acopio de valor para tomar la iniciativa. Intento retomar el camino de Kernawen que seguí la otra vez, pero en sentido contrario y sumido en un estado de turbación. Todo mi cuerpo se pone a temblar a medida que me acerco al lugar hacia el que me llevó mi error... o el destino. Este nuevo elemento se suma a la gran puesta al día que se produce ahora mismo en mi vida: acabar con el autosabotaje con respecto a las mujeres. No necesito tener mucha lucidez para reconocer que mi mecánica amorosa está marcada por este comportamiento. En cuanto quedo prendado de verdad de una mujer, huyo. Siempre encontraba que mis razones eran nítidas; hoy me parecen tan confusas que no sabría ni enunciarlas. Lo único que me queda de esta triste historia es un montón de arrepentimientos. Si bien mis dudas en torno al gran amor siguen siendo tan sólidas, las palabras de Aziliz acerca de la vida han hecho tambalear algunas de mis certezas y han abierto una puerta a la esperanza un poco loca de que yo podría influir en el curso de las cosas y los acontecimientos y, por lo tanto, de mi existencia. Por más que me digo que es probable que ella tenga pareja y que, incluso si se da el milagro de que no sea el caso, no la merezco, debo probar suerte a pesar de todo. Para romper mi patrón de conducta, y no tener arrepentimientos después, sobre todo... me tranquilizo diciéndome que no pierdo nada. Solo voy a anunciarle que soy su nuevo vecino. Que solo he ido para presentarme.

Tras extraviarme un par de veces, por fin acabo encontrando el lugar. El corazón me palpita cuando llego a su casa. No hay ningún coche en el patio, no debe de estar... Aun así, bajo y llamo a la pesada puerta de madera bajo la madreselva. Ningún ruido, ninguna respuesta, como esperaba. Cuando me dispongo a volver a subir al Ávalon, me llama una voz masculina.

—Perdona, estaba en el huerto. ¿Puedo hacer algo por ti?

Me vuelvo de inmediato para descubrir a un hombre de edad respetable, en la setentena, que me sonríe. De estatura media, tiene los ojos risueños bajo una cabellera blanca tan espesa como la barba. Advierto que camina descalzo, como yo. Ese detalle, sumado al tuteo, la bondad manifiesta, hace que se disipe toda mi tensión. Ya de entrada este hombre me gusta.

—Buenos días, señor, soy su nuevo vecino, Gabriel Toussaint. Acabo de instalarme en Kernaël.

—Puedes tutearme, muchacho. ¿Kernaël, dices? ¿Has comprado las tierras del viejo Yann?

—Eh… no exactamente. Era el tío de mi madre, en realidad. La casa sigue en venta, pero entretanto vivo allí con mi sobrina y mi primo.

Se ha acercado a mí y me tiende una mano con franqueza.

—Bueno, pues ¡bienvenido, Gabriel! Yo soy Efflam. ¿Te apetece una infusión?

Sorprendido por la invitación, dudo de aceptarla antes de pensar que será una buena oportunidad para saber más de la bella desconocida…

—Me encantaría, Efflam, con mucho gusto.

15

Una luz suave baña la sala. La fachada opuesta se abre a una terraza orientada al sur. La vegetación es tan exuberante que, de hecho, es más un invernadero que una terraza. Observo con atención la sorprendente habitación mientras él llena de agua el hervidor. A la derecha el espacio queda delimitado por una enorme cocina de madera, esmaltada en azul, a la que se le ha acodado una barra en la que se puede comer sentado. La cuarta pared está adornada con una chimenea digna de un castillo, lo bastante grande para asar un jabalí y de cuyo hogar cuelgan ramos de hierbas secas hacia las cuales se dirige Efflam.

—Vamos a preparar ortiga y ajedrea, para redinamizarte, y un poco de lavanda y melisa también, para apaciguar un poco tus inquietudes —dice mientras elige las plantas medicinales.

—¿Mis inquietudes?

—Ah, nadie puede guardar secretos a un viejo como yo. Hay algo que te preocupa, muchacho, ¡salta a la vista!

—Es usted... Quiero decir, ¿eres alguna especie de curandero?

Se echa a reír poniendo la tetera encima del gran horno de leña.

—Alguna especie. Soy druida.

—¿Druida? Pensaba que los druidas habían desaparecido hacía siglos.

—Ah, en las comarcas profundas como esta aún quedan algunos. Tienes la prueba ante ti, vivo a pesar de la edad avanzada.

—Perdona mi curiosidad, pero ¿cómo se convierte uno en druida en la actualidad?

—No puedo hablar por los demás, pero, en mi caso, primero fui médico…

—¡Ah! ¿En qué especialidad?

—Es algo complicado de explicar.

—Tengo tiempo —contesto con una sonrisa.

—Bien, pues mi ídolo de juventud era uno de los grandes científicos del último siglo, Paul Dirac. Estableció un puente entre las dos teorías que aún sirven para explicar y descubrir la naturaleza del universo: la primera, la relatividad general de Einstein, que predice con una exactitud extraordinaria los fenómenos en la escala astronómica, y la segunda, la mecánica cuántica, que describe con igual éxito el funcionamiento de lo infinitamente pequeño, en la escala de las partículas elementales, como los electrones o los fotones. Estas dos teorías maravillosas tienen, sin embargo, un fallo importante: en algunos aspectos son incompatibles entre sí. A partir de los avances de Dirac, el gran desafío de la física moderna es encontrar una teoría unificada del universo. A eso dediqué toda la primera parte de mi vida, con un éxito moderado. Aquellos años de investigación me permitieron, sin embargo, descubrir la pasmosa belleza, la increíble precisión de nuestro universo, y poco a poco me abrí a la hipótesis de una trascendencia, de un origen divino de todo. ¿Cómo explicar el milagro, si no? El paso de ahí al druidismo fue natural. En cierto modo, no cambié realmente de profesión, solo pasé del estadio en el que estudiaba las fuerzas del universo al estadio en el que las utilizo.

—¡Vaya, una trayectoria sorprendente!

El silbido característico del hervidor nos indica que el agua ha llegado al punto de ebullición. Efflam la vierte con delicadeza en una larga tetera de barro cocido y me hace señas para que le siga hasta dos grandes sillones, en la terraza.

—Siéntate aquí, estarás bien —me dice al tiempo que deposita dos vasos en la mesa baja de madera sin tratar situada entre los sillones.

En medio de un silencio casi solemne, Efflam sirve la infusión humeante. Me siento sorprendentemente bien. Aun a resguardo de los elementos, estamos en medio de la vegetación, rodeados de physalis, lúpulo y plantas aromáticas. Unos pepinos cuelgan de una planta que asciende por una escalera hecha con ramas de avellano y ensamblada con rafia, y hay semilleros en una mesa junto a la puerta vidriera. Cojo el vaso de la infusión, que me calienta las manos, y bebo a pequeños sorbos. De alguna parte, sale un bonito gato de pelaje tan rojo como un zorro y me salta al regazo.

—¡Vaya, esto sí que es poco habitual! Ceridwen es más bien asustadiza, por lo general. ¡Debes de gustarle!

Acaricio a la gata, que enseguida se pone a ronronear, luego retomo el hilo de la conversación.

—Entonces, si he entendido bien, en tu opinión, no hay ninguna diferencia fundamental entre el trabajo del médico y el del druida, ya que los dos buscan comprender el funcionamiento de las fuerzas que gobiernan nuestro mundo para poder utilizarlas con consciencia plena...

Efflam posa unos instantes la mirada en su vaso, que rodea con sus bonitas manos, curtidas por los años.

—Sí, se podría decir así... Sin embargo, el druidismo es mucho más empírico. Observa lo que hay y lo utiliza, aunque sea imposible demostrarlo o explicarlo de un modo científico. Esta libertad me ha proporcionado acceso a muchas cosas.

—¿Ah, sí? ¿A qué, por ejemplo?

Otro momento de reflexión silenciosa delante del vaso.

—Bueno, es en la relación con la naturaleza donde me ha resultado más evidente. Según los celtas antiguos, todo, desde el guijarro más pequeño hasta el majestuoso castaño, es consciente.

—¿No se trata tan solo de una creencia?

—¡Una creencia muy viva y consciente! Se han realizado numerosos experimentos sobre este tema. Si cuidas de manera especial de una planta, si le hablas, le envías amor, ¡será más fuerte, más bonita, más grande! Y si eres bastante sensible, sentirás a cambio el amor que ella te profesa a ti.

—He oído hablar de eso. Si ponemos música clásica a las hortalizas, parece que crecen más rápido... Pero ¿cómo podría estar vivo un mineral?

—Un día intenta conectar con una piedra, un megalito, por ejemplo, y me dices qué sientes…

Se lleva el vaso a los labios mirándome con gesto travieso.

—Aunque quizá lo hayas experimentado ya.

Estoy desconcertado. ¿Ha leído en mí lo que sentí junto al menhir hace dos semanas? Ese contacto me regeneró cuando estaba en lo más bajo.

—Eh, en efecto —le digo, turbado—. Viví eso de lo que hablas con un menhir… Pero ¿cómo es posible?

—¡Nuestro planeta es un ser vivo! Las piedras que tocas forman parte de su cuerpo. Y en el caso de los menhires, resulta aún más notable que se colocaran sobre nudos telúricos.

—¿Nudos telúricos?

—Así es como se llama la red energética que cubre nuestro planeta. Un poco como los puntos de acupuntura en los meridianos de nuestro cuerpo, si lo prefieres.

Me limito a asentir, tratando de integrar la lógica de este antiguo científico convertido en druida. Sigo sorprendido por la simplicidad del vínculo que se ha creado entre nosotros en tan poco tiempo. Me siento lo bastante cómodo para formular al fin la pregunta que me tortura desde que he entrado en su casa.

—¿Y vives aquí solo?

—¿Solo? ¡En absoluto! Como ves, comparto hogar con Ceridwen… y Talieslin, el novio de la señorita, que debe de haber salido de caza. También debo mencionar los lirones del tejado, las arañas y todos los insectos que pecorean en el invernadero y viven en los recovecos, ¡y eso por hablar solo del interior! No, nunca estoy solo. ¿Quién lo está en este mundo? Pero, respondiendo al sentido real de tu pregunta, soy el único humano aquí. Hace mucho que mi compañera se reunió con la Diosa y que mis hijos se fueron a hacer su vida.

—Oh… lo siento…

—¡No tienes por qué! ¡Ella está muy bien donde está! Yo aún no he acabado lo que tengo que hacer aquí. Sé que un día volveremos a encontrarnos, pero todavía no ha llegado el momento.

—Entonces no vive nadie más aquí…

Tuerzo el gesto. No sé qué hacer para aludir a mi desconocida.

—Ah, por mí no te preocupes. Siempre he estado a gusto en soledad. A decir verdad, en esos momentos me siento más conectado con el Todo. Además, no tengo pocas visitas. Hace años que no hay médico en los alrededores, así que la gente viene a verme con sus pequeños males cotidianos; con los más grandes también, a veces.

¡Bingo! ¡La bella desconocida seguro que vino a verlo para una consulta! Sí, salvo que no voy a atreverme a pedirle la lista de pacientes… Efflam no es el tipo de hombres que cuentan la vida de los demás. Ceridwen deja mi regazo de un brinco, como si hubiese sentido mi decepción o mi debilidad por otra señorita.

—Es realmente magnífica. Parece un zorro.

—No seré yo quien te contradiga… Mira, hablando de gatos, ¿no querrás uno, por casualidad? Resulta que la señorita tuvo una camada hace tres meses y aún nos queda una cría adorable que busca hogar.

—Lo siento, me temo que no es buena idea —digo yo, y vacío el resto de mi vaso—, por el momento estamos instalados de manera muy precaria, la verdad.

—No lo dudo, dado el estado de la casa del viejo Yann… Si tú y tu familia necesitáis lo que sea, herramientas, muebles, utensilios de cocina o solo un poco de calor, ¡no dudes en pedírmelo! ¡Mi casa está abierta para vosotros!

Me siento incómodo ante una propuesta tan generosa, venida de un hombre cuya existencia ignoraba hace menos de una hora. Prefiero levantarme para despedirme.

—Bueno, ahora tengo que marcharme, debo ir al pueblo a hacer algunas compras…

Me acompaña de vuelta al Ávalon.

—En ningún caso quería entrometerme —me dice—. Es solo que, para mí, ayudar al prójimo forma parte del orden natural de las cosas. En estos tiempos se olvida con demasiada frecuencia, pero la solidaridad se halla en la base de gran parte de las interacciones en los ecosistemas. En la naturaleza, todo se comunica. Los celtas, como muchos otros pueblos, lo sabían perfectamente. La ciencia moderna apenas lo está redescubriendo. Los árboles, por ejemplo, se transmiten información y sustancias nutritivas a distancias increíbles gracias a la cooperación de su red de ramificaciones subterráneas con la de las micorrizas, unos hongos con los que viven en simbiosis. La cooperación es una de las grandes leyes de la naturaleza, y ya va siendo hora de recordárselo al ser humano. Tú tienes dificultades de orden material, y yo dispongo de una abundancia que supera con creces mis modestas necesidades;

mi proposición se limita, pues, a seguir el sentido de la vida…

—Gracias, Efflam, lo pensaré en caso de necesidad.

Ha recogido una caja de hortalizas en la entrada del huerto. Al llegar a la altura de la furgoneta, la deposita en el asiento del copiloto.

—¡Mientras tanto, toma! ¡Esto es para ti!

Balbuceo un «gracias» avergonzado y le tiendo la mano, que me estrecha calurosamente.

—Que la Diosa te guarde, muchacho —me dice en el momento en que me siento al volante.

Tras un último saludo con la mano, por el retrovisor del Ávalon veo como vuelve al huerto.

Me siento increíblemente revitalizado por la pausa en ese lugar mágico, hasta el punto de que la decepción por no haberme cruzado con la bella desconocida no es más que un recuerdo lejano. Mi encuentro con Efflam ha sido de otra naturaleza, menos estresante pero no menos apasionante.

Por encima del bosque que rodea la propiedad, el sol desvía ya su trayectoria, lo que me indica que es tarde. Un pensamiento para mi pequeño clan, que debe de preguntarse qué andaré haciendo. Ojalá siga abierta la tienda del pueblo, Noé no me perdonaría que volviera sin pizza…

16

Nadie me recibe a mi llegada. Saco las pizzas congeladas y la caja que me ha regalado Efflam. En ella hay pepinos, calabacines, lechugas y ciruelas de su huerto.

—¡Noé! ¡Aziliz! —los llamo.

Sin éxito. Mi inquietud aumenta a toda velocidad. ¿Y si les ha pasado algo? ¿Por qué los he dejado solos tanto tiempo?

—¡Aziliz! ¡Noé!

Continúo buscando, bordeo la granja y luego la casa. Advierto entonces que han segado o aplastado las zarzas de forma somera para abrir un acceso al boque, un poco más abajo. Decido seguir esa pista y grito de nuevo:

—¡Aziliz! ¡Noé! ¡Contestad, maldita sea!

No hay respuesta hasta que por fin llego a la linde de los árboles.

—¡Estamos aquí! ¡Tienes que venir a ver esto!

—¡Sí, ven, rápido, Gab!

El timbre de voz de Aziliz, emocionado, exaltado incluso, me tranquiliza de inmediato. Están bien. La curiosidad vence a la inquietud. ¿Qué habrán descubierto? Una intensa vibración se apodera de mí al avanzar bajo el ramaje espeso de los robles y las hayas. La luz, que proyecta manchas ambarinas al pasar a través del follaje, dota al sotobosque de una atmósfera irreal. Mis pies desnudos se hunden con suavidad en la alfombra de musgo y hojas en descomposición. La conversación con Efflam cobra de pronto todo el sentido. No puedo evitar sentir hasta qué punto está vivo el bosque, vibrante, lleno de una sabiduría simple e inmemorial. Paso por debajo de una puerta natural, creada por dos arcos de avellanos, luego cruzo de un salto un riachuelo que transcurre entre piedras redondeadas y musgosas, y luego paso agachado por debajo de un roble retorcido. Tras este se abre un pequeño claro en el centro del cual se alza un haya gigantesca cuyas ramas enredadas ascienden hacia el cielo como inmensas raíces celestes. Acoplada al árbol majestuoso, una casa, una cabaña diminuta de granito y pizarra, parece una protuberancia del tronco. La vocecilla de Aziliz me indica que están en el interior. Todo mi cuerpo se echa a temblar. ¡Ahí está! En lo más hondo de mi ser, siento que está ahí.

Los rayos cálidos del sol dotan a las viejas paredes de una luz dorada. Es mágico. Es lo que siempre he soñado. Me invade una fuerte emoción y a medida que me acerco a la portezuela de entrada se me llenan los ojos de lágrimas. Aziliz sale en ese instante y me sorprende acariciando las piedras empapadas de calor solar como para comprobar si lo que veo es del todo real. Mi sobrina salta a mis brazos.

—Lo ha encontrado Noé cuando paseaba por el bosque. Es perfecto, ¿verdad?

—Sí, es perfecto...

Alza los ojos hacia mí y se da cuenta del estado de agitación en el que me encuentro. Mis lágrimas deben de inquietarla, porque me pregunta:

—Gabriel, ¿esto es nuestro? ¿Forma parte de nuestro terreno?

Le sonrío.

—Sí, angelito, es nuestro. Es nuestro Rivendel. Ya está, lo hemos encontrado.

17

Un sinfín de telarañas se entrelazan, parecen constelaciones de motivos complejos, y brillan a la luz del crepúsculo que se cuela por la vieja ventana floja. A excepción de este cosmos arácnido, el espacio, constituido por una sola habitación de alrededor de treinta metros cuadrados, está completamente vacío. Es posible que hayamos encontrado nuestro edén, pero está todo por hacer. Me fijo con satisfacción en una toma eléctrica deteriorada a mi izquierda. Al menos no tendremos que tirar decenas de metros de cable. Tras largos minutos de observación desde el vano de la puerta, entro por fin y piso el suelo de tierra batida. Por encima de mí, con las piernas colgando en el vacío, Noé me sonríe con aire embobado desde el altillo en el que está sentado. Sus ojos brillan como estrellas, centelleantes de alegría, un resplandor que no he visto desde hace mucho en su mirada. Subo por una escalera tambaleante para unirme a mi primo.

—¡Chisss! No hagas demasiado ruido, aún no se han despertado —susurra—. No hay que asustarlos.

Lo miro sin comprender. Señala a mi espalda con el mentón.

—Creo que son murciélagos …

Me doy la vuelta. Colgados de los troncos desbastados que forman la estructura de la casita, algunos murciélagos descansan no lejos del tragaluz.

—La casa ya está habitada, por lo que veo.

—Sí, pero creo que están de acuerdo en que la compartamos —me anuncia él con una gran sonrisa.

—¿Cómo, están de acuerdo?

—Sí, lo noto. Todo irá bien, no te preocupes…

Prefiero eludir el tema por el momento. ¿Vivir con murciélagos en casa? ¡Menuda idea! Además, ¿cómo puede saber él lo que piensan al respecto? De pronto me sorprendo preguntándome acerca de Noé. ¿Y si fuese el segundo ángel al que aludió mi hermana? ¿El que se supone que habla con los animales? De la dimensión angelical de Aziliz, sí estoy seguro desde el principio, pero ¿de la de Noé? No, abandono de inmediato esta hipótesis. Como yo, mi primo es un peregrino en busca de luz, de ninguna manera una fuente de luz. Al menos no todavía. Con todo, parece haberse encendido una llama en él. En este instante, nos une una intensa complicidad. Hemos emprendido el camino de los principiantes, nos perdimos, desorientados por nuestros temores y nuestra resignación. Al final, aquí estamos, los dos, al pie de nuestro sueño de adolescencia.

—Es aún mejor que lo que habíamos imaginado, ¿verdad, primo? —murmura Noé, como si me leyera el pensamiento.

—¿Mejor que Rivendel, quieres decir?

Se encoge de hombros.

—Bueno, sí... Para empezar, está en el mundo real, y además, ¡es nuestro! ¡Ni siquiera hemos empezado a hacer obras y ya es genial!

Como cuando éramos pequeños, le paso un brazo por los hombros y apoyo la cabeza contra la suya.

—Tienes razón, primo, es aún mejor... ¿Y sabes qué nos espera ahora?

Me interroga con la mirada unos instantes.

—¡Pizza! —exclama con el mismo calor en los ojos que un horno de pan.

—¡Exacto! Venga, tenemos que marcharnos si queremos volver a la furgoneta antes de que sea de noche.

—¿No dormiremos aquí? —me pregunta con aire sorprendido.

—¿Aquí, esta noche? Es algo precipitado, ¿no?

—¡Diablos! ¿Y qué, señor Galabriel? Al fin alcanzamos la tierra prometida, ¿y quiere que nos retiremos en nuestro momento de gloria? ¿Que regresemos a nuestro campamento provisional cuando nos aguarda el santuario de los dioses? No puede hablar en serio... —me suelta con una elocuencia épica.

Los argumentos se agolpan en mi cabeza para explicarle que su propuesta carece de sentido común, pero me limito a sonreír con resignación. Sé reconocer una batalla perdida de antemano. El lado pragmático de las cosas no puede competir con el deseo de toda una vida que se cumple.

—Muy bien, señor Nominolwë —cedo—. Aprovechemos la última luz del día para ir a buscar lo que necesitamos.

—¡Eso es hablar con franqueza! Vamos, compañero, ¡en marcha!

Al salir de la casita, busco a Aziliz, que ha desaparecido cuando he subido al altillo. Rodeo la casa, echo una ojeada por encima del muro bajo, barro el prado con la mirada. No la veo por ninguna parte.

—Habrá vuelto a la granja —se adelanta Noé, que percibe que empiezo a ponerme nervioso.

—Eso espero —digo apretando el paso.

—Bueno, ¿adónde vais?

Me paro en seco y doy varias vueltas sobre mí mismo para localizar de dónde proviene la vocecilla. Al fin se me ocurre levantar la cabeza. A una decena de metros del suelo, sentada sobre una gruesa rama del haya e iluminada por la última luz del día, Aziliz nos mira con ojitos de lechuza.

—Pero ¿qué haces ahí arriba? ¿No es un poco peligroso, cariño? ¡Podrías caerte!

—Francamente, Gab, si te preocupa este tipo de cositas, ¡estarás toda la vida estresado! Es muy fácil escalar el árbol. Solo tienes que subir, ¡no hay ningún peligro!

—No, gracias… Bueno, vamos a buscar el sofá y las mantas, y luego volvemos…

—¿Dormiremos aquí? ¡Qué bien! ¿Queréis que os ayude?

—No, ya nos apañamos, pero deberías bajar de ahí antes de que oscurezca.

Aziliz alza los ojos al cielo, exasperada.

—¡Sí que me tienes por torpe! Lo creas o no, sé cuidar de mí misma. De verdad, tienes miedo de todo.

Asiento con la cabeza. Sus palabras han vuelto a dar en el clavo. ¿De verdad tengo miedo de todo? ¿Cómo explicarle que tengo el deber de cuidar de ella, de protegerla? El deber... ¿Qué legitimidad tengo para imponer límites a mi sobrina? ¿Y qué límites? ¿Los de mis miedos o los de los suyos? Estas preguntas me dan vueltas en la cabeza mientras nos dirigimos a la casa de labor. Acabamos de salir del bosque cuando oigo unos pasitos, ahogados por la vegetación, que corren detrás de nosotros.

—Al final he decidido venir con vosotros —nos explica cuando nos alcanza—. Se me ha olvidado deciros que cojáis una escoba y un recogedor, no sé si habéis visto el polvo que hay... Además, estoy segura de que no habríais pensado en las velas. ¡No vamos a comer a oscuras!

Se coloca entre Noé y yo, y nos toma de la mano. Me pregunto quién cuida de quién, a fin de cuentas...

Me desplomo aliviado sobre los cojines de cuero. Estoy sudado, me duelen los riñones, pero ya está, ya estamos. Atravesar el bosque alumbrándonos con el móvil para traer el sofá hasta aquí ha sido una verdadera carrera de obstáculos. Aziliz ya ha puesto una pizza en una gran sartén tapada sobre el hornillo de gas. Ha encendido las velas que ha colocado en las cuatro esquinas de la casa e intenta retirar la mayor parte del polvo... Noé se ha quedado fuera, observando los murciélagos que salían volando por el tragaluz y efectuaban su danza en el claro de luna. Un apetitoso olor a pan caliente escapa de la sartén y perfuma la estancia. El aroma atrae a Noé, que abandona los murciélagos para acompañarnos.

—¡Qué bien huele!

—La primera estará lista en un momento —digo yo al levantar la tapa—. Ven, Aziliz, ¡ya limpiaremos mañana!

—¡Voy! De todas formas, hay tanto polvo que tendré para horas… Me habría gustado que esto estuviese un poco más limpio, si dormimos aquí.

—Eso lo ha decidido el señor Nominolwë. No teníamos otra opción…

Noé, concentrado en la comida, no contesta a mis palabras.

—Corto esta en tres y, ¡listos!, metemos otra directamente a cocer —dice mientras saca la pizza del cartón.

—¡Espera! Aún hay un montón de polvo en suspensión, la pizza podría acabar sabiendo a tierra —responde Aziliz.

—Propongo que cenemos fuera —digo cogiendo la sartén.

—Y ¿por qué no dormimos fuera? —añade Aziliz—. Hace buen tiempo, y está más limpio.

Miramos los dos con gesto de interrogación a Noé. Él se encoge de hombros.

—Como queráis. A mí, mientras haya pizza, todo me viene bien…

Su respuesta nos hace estallar en carcajadas. A pesar de todos los cambios en nuestra vida, algunas costumbres persisten…

Sentado en el sofá con las piernas cruzadas, cojo otra porción de pizza de un tronco, que hace de mesa improvisada, a la luz de las velas. Por encima de nuestras cabezas, las estrellas brillan de manera intermitente entre las ramas de la gran haya. Me siento perfectamente en mi sitio. ¿Y si la vida fuese tan simple como esto? ¿Qué puede faltarnos ahora? Se me forma un nudo en el estómago al pensarlo. La magia del momento aleja un poco mis viejas inquietudes, pero sé que resurgirán a la mínima ocasión. Recuerdo las palabras de mi hermana: «Prepararse para la desgracia es vivirla por duplicado». Entonces cierro los ojos e intento saborear lo mejor que puedo el instante y mi último bocado de pizza.

—Por favor, Noé, ¡no podemos dejarlos aquí dentro!

—¡Estaban antes que nosotros! ¡No tenemos derecho a echarlos sin más! —grita él.

Nunca había visto a mi primo en semejante estado. Acurrucado en el altillo, está rojo de ira, tiene los tendones totalmente contraídos y las venas parecen a punto de reventar. Intento razonar con él una vez más.

—¡Pero mira, maldita sea! ¡El suelo está cubierto de cagarrutas! ¿Quieres vivir aquí dentro? ¿Prefieres volver a quedarte en la furgoneta? Te aviso de que yo por lo menos no pienso vivir en medio de esta mugre.

Se ha echado a temblar. Su cólera se esfuma de golpe y se ve sustituida por las lágrimas.

—¿De... qué sirve...? ¿De qué sirve encontrar el paraíso, si... debemos echar a otros para vivir en él? —farfulla entre sollozos.

El argumento me toca la fibra sensible. Cuando éramos más jóvenes, soñamos con un mundo en el que se respetaría la naturaleza, en el que los humanos no se considerarían por encima de ella, sino como parte de la misma. Y hoy lo primero que me apresuro a hacer es expulsar a una colonia de murciélagos. Me doy cuenta de que actúo como los demás… En el fondo, ¿qué me legitima a mí para echarlos de aquí? ¿Es por el hecho de vivir aquí con el permiso de los propietarios? ¿Solo porque un trozo de papel especifica que este terreno pertenece a fulanito o menganito? Todo el planeta está dividido en parcelas que pertenecen exclusivamente a los humanos, como si ninguna otra especie tuviese derecho a un territorio propio. A lo sumo dejamos que los animales vivan… a condición de que no nos molesten. Me siento completamente impotente ante el dilema que se me plantea.

—No sé qué decirte, Noé. En el fondo tienes razón, claro, no tenemos derecho… Pero yo de verdad que no puedo vivir en una cueva de murciélagos, no es higiénico. Así que tú decides: ¿qué hacemos?

Noé se sume en sus reflexiones. Yo no veo ninguna solución, y la idea de renunciar a nuestro proyecto cuando casi hemos alcanzado el objetivo tendría un sabor amargo y supondría un golpe fatal para nuestro sueño. ¿Cómo volver a la casa de labor y al purgatorio cuando el paraíso se encuentra a un par de pasos? Abajo, Aziliz se afana con determinación en lo que llama «la gran limpieza de primavera» sin dejar de lanzarnos alguna que otra mirada ansiosa para intentar saber si la limpieza, al final, servirá de algo.

Tras largos minutos de silencio, mi primo retoma la palabra.

—Necesito una sierra, un martillo, tablones gruesos, cabrios... Y escuadras metálicas también... Un destornillador, tornillos y una cinta métrica —dice él con la voz apenas audible.

—Pero ¿de qué estás hablando?

—Sé exactamente lo que hay que hacer para cohabitar con ellos —contesta con firmeza—. Solo necesito que me compres todo lo que te pido para encargarme...

Solo entiendo a medias adónde quiere ir a parar.

—Sí, claro, puedo traerte todo eso, justo tenía pensado ir a la tienda de bricolaje mañana...

Aziliz lo ha comprendido todo. Se vuelve dando palmadas.

—¡Qué buena idea, Noé, un refugio para murciélagos! ¡Eres genial!

18

Dudo un rato delante del puesto de las herramientas elec-
troportátiles. El precio de los destornilladores varía entre
unos veinte euros y doscientos. Escoger uno es un verdadero dilema ya que, pese a que nos faltan fondos, sé que
las herramientas deben ser de buena calidad si no queremos perder la mayor parte del tiempo forcejeando con
máquinas que te dejan tirado unas semanas después de
que expire la garantía. De pequeño, hacía mucho bricolaje con Noé. Construíamos cabañas, ballestas, espadas,
ábacos... Nos pasábamos gran parte del verano cacha-
rreando en el taller del abuelo. Hoy esas manualidades
infantiles no me son de gran utilidad para los trabajos que
preveo. En la agenda: instalar una doble toma de seguridad que resulte fiable, dos apliques murales para iluminar
la parte inferior de la casita, cambiar la bisagra que falla
para poder volver a cerrar la puerta y poner un canalón
de recuperación del agua de lluvia para no vernos obligados a subir a la casa de labor cada vez que haya que fregar
los platos. A esto hay que añadir el material necesario
para el proyecto de Noé. Solo con los materiales embuti-
dos en el carrito, ya sube más de trescientos euros, cin-

cuenta más que el presupuesto que fijé para la primera tanda de reformas, y aún no he cogido las herramientas. Si las elijo de buena calidad, gastaré tres veces más de lo que tenía previsto. Podría comprar baratijas, pero ¿a qué coste oculto para nosotros, para el planeta? Con la obsolescencia programada, el material quedará fuera de uso apenas unas semanas después de que venza la garantía... Como decía el abuelo, «somos demasiado pobres para comprar mierda».

—¿Sabes qué vas a coger? —me pregunta Aziliz al verme absorto en mis pensamientos delante de los destornilladores.

Suspiro.

—No sé por qué destornillador inclinarme...

—No tienes dinero suficiente, ¿es eso?

—Exacto.

—¿Por qué no le pedimos a alguien que nos preste las herramientas que necesitamos, para salir del apuro?

La miro sin responder. Acaba de encontrar la solución: Efflam... Salvo que me da vergüenza pedirle a un hombre al que no he visto más que una vez, por muy generoso que sea, que me preste sus herramientas. Dudo, le doy vueltas. Aparte del destornillador, necesito un buen taladro percutor. Es imposible perforar el granito para fijar la nueva bisagra sin él. Sin embargo, a doscientos cincuenta euros la máquina para hacer dos ridículos agujeros, sale caro el agujero. Es cierto que lo utilizaríamos más adelante, pero dado nuestro nivel de precariedad, no podemos permitírnoslo.

—Tienes razón, así lo haremos —acabo concediendo—. Ven, vamos a la caja, tenemos todo lo que nos hace falta por el momento. Ya volveremos si necesitamos algo más.

—¡Sí que estás bien equipado para ser un druida!

—Eso, muchacho, se debe más bien a mi faceta científica. Cuando era joven, quería saber cómo funcionaba todo. No solo los átomos y las estrellas, sino también los coches, los robots de cocina, ¡todo! Una vez llegué a desmontar pieza a pieza el pequeño Citroën que tenía por aquel entonces y luego lo volví a montar entero. Y también aquí hice yo todas las obras, así que tenía que estar bien equipado, como tú dices.

—En cualquier caso, gracias por prestarnos tus herramientas.

—Me alegro de que os sean útiles. Si supiésemos compartir un poco más lo que tenemos, no necesitaríamos agotar los recursos del planeta.

Salgo con Efflam de su taller cargando las herramientas, y encontramos a Aziliz sentada con las piernas cruzadas bajo un manzano. Tiene en brazos al gatito negro de pelo largo del que me había hablado Efflam en mi primera visita.

—¡Mira qué gatito más bonito, Gabriel!

—¡Ah, veo que has conocido a Mélusine! —celebra Efflam.

—Mélusine... ¡Me encanta el nombre!

—Es el nombre de un hada —añade el druida.

—Le pega.

Temo el momento en que le anuncie que el hada Mélusine busca un hogar, pero no lo hace. ¡Bendita sea su delicadeza! Probablemente no podría haber resistido los asaltos de Aziliz para que la adoptásemos.

—¿Una infusión quizá? —nos propone, en cambio.

Aziliz se ha sentado en el lugar que ocupé yo la otra vez. Ha respondido con toda sencillez a las preguntas que le ha formulado Efflam.

—Sí, es Gabriel quien se ocupa de mí, porque papá y mamá murieron en un accidente de coche —dice con su vocecita, y se le humedecen los ojos ante el recuerdo de sus padres.

—Debe de ser difícil para una niña tan pequeña como tú...

Ella baja la cabeza y acaricia con la mejilla el pelaje negro de Mélusine, a la que no ha soltado en ningún momento.

—Sí y no —responde—. Una parte de mí está muy triste, mientras que la otra sigue alegre. Me dice que los dos están aquí, conmigo, para siempre. A menudo los siento justo a mi lado, pero en el fondo sé que están bien donde están. Entonces intento ser feliz yo también, porque es lo que más les gustaría en el mundo...

El viejo druida coloca delante de ella un plato de galletas con caramelo; caseras, sin duda.

—Muestras una gran sabiduría para la edad que tienes —responde Efflam, impresionado—. Yo he tardado más de cincuenta años en comprender lo que me cuentas.

Guarda bien esa riqueza en el fondo de tu corazón, Aziliz. Y no la pierdas bajo ningún pretexto, aunque algunos adultos te digan lo contrario.

Se vuelve entonces hacia mí.

—Y tú, muchacho, ¿cómo llevas el fallecimiento de tu hermana, si no soy demasiado indiscreto?

Me encojo de hombros tras imitar a mi sobrina, que mordisquea una galleta.

—Yo no tengo tu fe, Efflam, ni las sensaciones de Aziliz. Mi corazón espera que Clara prosiga su camino en su reino de luz, pero mi cabeza me dice que solo busco algo que me consuele. Me encantaría creer en la existencia de Dios como tú. En nuestra conversación anterior, parecías sobreentender que era la hipótesis más probable para ti, y eso me resulta muy sorprendente.

—Lo entiendo. Metemos muchos conceptos tras la noción de Dios, y esa palabra a menudo atañe a las heridas colectivas vinculadas a los abusos de las distintas religiones en el pasado, pero la cuestión de lo divino se resume en el fondo en la de la consciencia: ¿la creación tiene un origen consciente o no? Desde los ochenta, sabemos que, si modificamos de manera infinitesimal las reglas de una sola de las grandes fuerzas que rigen el universo, como la gravedad, nada más de todo lo que existe será posible: ni las estrellas, ni las galaxias, ni por descontado la vida… Hay que comprender de verdad que, desde el punto de vista de la astrofísica, el hecho de que la vida sea posible en el cosmos es un milagro absoluto. Matemáticamente, la probabilidad de que tales condiciones coincidan por casualidad es tan ínfima que puede considerarse nula. Aun así, esto no demuestra la verdad; cuando se unen la física y la metafísica, la razón debe hacerse a un lado ante el misterio.

—Entonces ¿crees en la existencia de Dios porque es la hipótesis más probable matemáticamente?

—Al principio, sí. Quería comprender la naturaleza del universo, por eso me hice médico. Poco a poco, la conclusión de que existía un designio divino se me hizo evidente. No obstante, el razonamiento intelectual que me ha llevado a esta conclusión perdió el sentido desde que percibo SU presencia, esa conexión en cada una de mis fibras que une todo lo vivo. Es como si fuese una célula minúscula del cuerpo inmenso que es el universo. Veo la gracia, la perfección de la creación por todas partes. Siento la presencia de la Diosa en todas las cosas. No creo en Ella, vivo en Ella, solo formo uno con Ella. Tengo la impresión de haber estado ciego todos estos años, como un pez que, a falta de referencias, dudaría de la existencia del océano.

Guardo silencio y engullo de forma maquinal otra galleta, perturbado por sus palabras.

Esta vez, la caja que me da Efflam contiene dos bonitas lechugas, unas ramas de tomates empapados de sol y un manojo de albahaca que perfuma de inmediato el Ávalon. A regañadientes, Aziliz tiende Mélusine a Efflam. La pequeña gata empieza a maullar cuando se encuentra en las manos del druida. Saco un brazo por la puerta para despedirme de él y me sorprendo diciendo:

—Que la Diosa te guarde, amigo mío, y gracias otra vez por las herramientas.

Sin pronunciar palabra, Efflam se inclina en señal de gratitud, sujetando a Mélusine contra su corazón con las dos manos.

—¿Podremos volver otro día? —me pregunta Aziliz cuando llegamos a la carretera—. Efflam es muy amable, sus galletas de caramelo salado están riquísimas, y su casa es superbonita. Y... me ha sentado tan bien dar mimos a Mélusine... Todo era cálido en mí, como cuando mamá me cogía entre sus brazos...

Paro con brusquedad en el arcén.

—¿Has olvidado algo, Gab?

Con una sonrisita, le respondo afirmativamente y doy media vuelta. Efflam continúa en el patio, con Mélusine aún en los brazos.

—Sabía que no tardaríais en volver —me dice sin más al tiempo que me tiende al animal.

El grito de alegría que resuena en el Ávalon me llega al corazón, y cuando la gata regresa a los brazos de su nueva dueñita se me saltan las lágrimas.

19

Una vez más, el sofá se encuentra bajo la Vía Láctea. Un tiempo increíblemente clemente baña en una temperatura agradable los días y las noches de finales de agosto. Mélusine está hecha un ovillo en los brazos de Aziliz, que duerme como un ángel a mi lado a pesar del alboroto y la luz que escapan por el tragaluz de nuestra cabaña. Para no molestar a los murciélagos, Noé ha decidido trabajar por la noche, cuando sus amigos quirópteros salen a cazar. Los golpes de martillo de mi primo, lejos de molestarme, marcan el ritmo de nuestra nueva vida mientras escribo en mi cuaderno a la luz de la linterna del móvil.

Kernaël, 26 de agosto

Las obras avanzan bastante bien a pesar de mis escasas competencias en materia de bricolaje. Con ayuda de tutoriales de YouTube (es un milagro que la conexión a internet de mi móvil sea perfecta aquí), he conseguido instalar una doble toma además de dos apliques murales. Gracias al hada electricidad, nuestros días se ven ahora amenizados por la música de la lista de reproducción de mi ordenador portátil. Hoy he intentado instalar el canalón, pero los cabrios, demasiado carcomidos, no soportan el peso. Mañana intentaré fijarlo directamente a los muros. Ya veremos si aguanta… Hasta ahora va todo bien, pero las nubes se acumulan en el horizonte; a pesar de las herramientas que me ha prestado Efflam, he gastado demasiado en reformas, y el estado de nuestras finanzas empieza a preocuparme seriamente. Debo reconocer el hecho de que nuestra estancia aquí es solo temporal: una vez encuentren comprador, la casa ya no será nuestra… Además, aún no han dictado sentencia en torno a la tutela de Aziliz. Al pensar en ello se me forma un nudo de angustia en la garganta. Por la noche es cuando mis dudas vuelven con más fuerza. ¿Cómo puedo perseverar en una dirección sin duda abocada al fracaso? No tiene sentido. No obstante, he matriculado a mi sobrina en la escuela del pueblo de al lado, movido por necesidad y también por la esperanza. A pesar de las espadas de Damocles que se multiplican sobre nuestras cabezas, continúo acariciando la quimera de que todo se arreglará solo. ¿Existe Dios o Diosa, como piensa Efflam? ¿Hay una buena estrella, como cree Aziliz, que ayuda a los que buscan de forma sincera a perseguir una vida más justa y más armoniosa? ¿Cómo estar seguro de ello? Pero ¡qué importa! Solo sé que debo llegar hasta el final, sea cual sea el resultado. No hay vuelta atrás. Aunque el terror al fracaso me retuerza las tripas, siento con todo mi ser que al menos debo intentar vivir en sintonía con mis sueños y mis valores. Si no, ¿qué sentido tiene la vida? No digo que sea un coraje especial lo que me mueve. La certeza de que toda otra vía está condenada, es totalmente absurda, es lo que me empuja por este camino. Abandonar me resultaría insoportable, incluso fatal. Esta certeza me anima, me permite continuar avanzando a pesar del miedo. ¿Qué puede amenazar a aquellos que no tienen absolutamente nada que perder? Entonces, ¡exploremos este mundo conocido, compañeros! Y si la vida nos atrapa, nos enreda de nuevo, acordémonos, hasta nuestro último aliento, de estos días bañados por el sol y los sueños que hemos pasado restaurando nuestra cabaña en el país de las hadas. Recordemos estas noches en un viejo sofá, expuesto al viento y al firmamento. Porque lo que hemos vivido no nos será arrebatado. Es una conquista definitiva a la eternidad.

Serenado por estas últimas frases y arrullado por el golpeteo de Noé, siento que por fin me vence el sueño y me sumerjo con gratitud en este olvido temporal.

—Bueno, ¿qué te parece?

—Es perfecto… —Estoy pasmado.

—¡Eres el mejor, Noé! ¡Tu idea es genial! —exclama Aziliz.

Posados en el altillo, observamos la obra de mi primo. No quiso que echásemos un vistazo hasta que el refugio de murciélagos estuviera terminado. El resultado supera mis expectativas: el triángulo formado por la estructura del altillo ha quedado cerrado en la parte alta con el fin de reservar un espacio para los murciélagos a lo largo de toda la cumbrera, dejando suficiente sitio por debajo para que podamos circular erguidos. En el extremo, sobre el muro del fondo, una abertura en una parte del tragaluz permite las idas y venidas de los quirópteros. De hecho se pierde un poco de luz en el interior, pero es una idea ingeniosa para que la convivencia con los murciélagos no nos resulte desagradable. Observo con más atención el trabajo de mi primo, y me impresionan los acabados. Los tablones siguen con precisión el contorno redondeado de las vigas y triangular de los cabrios. Bueno, hay dos o tres tornillos torcidos y algunos clavos doblados en la madera, pero el acabado es más que satisfactorio. Descubro que Noé posee una minuciosidad que hasta ahora había subestimado.

—¡Un trabajo excelente Noé! Estoy orgulloso de ti.

Ante el cumplido, el rostro de mi primo se ilumina con una gran sonrisa.

—Ahora podremos habilitar la habitación —dice, regocijado.

—Pero antes hay que hacer una limpieza seria —responde Aziliz echando una ojeada al suelo del altillo, lleno de excrementos de nuestros compañeros de piso—. Tendríamos que buscar camas para la habitación. Bueno, eso si tenemos suficiente dinero —continúa, mirándome de reojo, perfectamente consciente de nuestra situación económica.

—Nos daremos una vuelta por Emaús —digo yo sin convicción.

—Las camas no corren prisa. Mientras tanto, podemos seguir durmiendo en el sofá, tampoco se está tan mal —responde ella con diplomacia—. Bueno, de todas maneras, voy a empezar a limpiar todo esto.

Aunque Aziliz aborde siempre el tema económico con

tacto y prudencia, me doy cuenta de hasta qué punto vivimos sin las mínimas comodidades, dormimos apretujados en el mismo sofá cama desde hace semanas, tenemos nuestras cosas en las maletas de cualquier manera, no disponemos de mesa ni sillas para sentarnos a comer. De la vida bohemia a una vida de miseria no hay más que un paso, y debo encontrar una solución para que no crucemos esa frontera que me asusta un poco más cada día.

20

Efflam se queda boquiabierto por unos instantes. El brillo que baila en sus ojos emana un perfume de infancia mezclado con una sabiduría inmemorial.

—Vaya —dice por fin—, ¡nunca habría imaginado que el terreno del viejo Yann escondiera semejante joya! Vuestra cabaña es magnífica, y esa haya… ¡debe de tener al menos quinientos años! Es espléndida. Y el claro… Vibra con una energía… ¿Lo sientes? Estoy seguro de que está situada sobre un nudo telúrico…

El druida afianza muy erguido las piernas y cierra los ojos. Su cuerpo se adelanta inmediatamente hacia el árbol.

—Sí, es eso, el punto energético se encuentra debajo del árbol. Has estado inspirado, muchacho, al instalarte aquí con tu pequeña familia…

Al oír las palabras del viejo druida, una mezcla de alegría y orgullo crece en mi interior. Cierto, no puedo arrogarme el mérito por la belleza y las vibraciones del lugar, pero sus palabras me reconfortan.

—Ven, Efflam, te lo enseño.

—¡Encantado, muchacho!

Aviso a Noé antes de abrir la puerta de entrada, recién

reparada. Ha disminuido de forma considerable su fobia a los desconocidos desde que emprendimos nuestro periplo, pero sigue sintiéndose incómodo cuando trata con extraños. Da unos pasos tímidos hacia la puerta, lo justo para observar a Efflam con tanta aprensión como curiosidad, sobre todo porque antes de irme le he dicho que iba a volver acompañado de un auténtico druida.

Efflam se queda en el vano de la puerta y se contenta con sonreírle con bondad. Tras varios segundos de «olfateo animal», mi primo baja la cabeza en una especie de saludo.

—Buenos… buenos días, señor —balbucea—. Bienvenido.

—Gracias por acogerme en tu casa —responde el anciano, que se inclina a su vez, con una mano apoyada en el corazón—. Me llamo Efflam.

—Yo soy Noé… Bueno, Nominoë, pero todo el mundo me llama Noé.

—Nominoë… Un nombre poderoso, de protector, de caballero… El primer rey bretón se llamaba así, ¿lo sabías?

Noé niega con la cabeza. En cuanto el druida ha hablado de caballero y de rey, a mi primo han empezado a brillarle los ojos. Efflam le tiende la cesta que ha traído.

—Algunas vituallas para las fiestas…

Con gesto vivo, Noé la toma al tiempo que farfulla un «gracias».

—No hacía falta, Efflam —añade a continuación.

—No es nada. Una botella de zumo de pera y saúco, y una pizza provenzal.

Una sonrisa ilumina ahora el rostro redondo de mi primo.

—Voy a ponerlo todo enseguida en la mesa. ¡Gracias!

Noé se escabulle rápido fuera. Efflam me sonríe.

—Nos entenderemos bien, él y yo, lo percibo.

Después de ofrecerle el tour guiado por la propiedad, que se reduce a hacerle trepar al altillo para que descubra la creación de Noé y elogie sus habilidades manuales, salimos de la casa.

—¿Y dónde está la pequeña señora de la casa? —me pregunta Efflam entonces.

—¡Estoy aquí arriba, Efflam! Le enseño a Mélusine a trepar a los árboles. Ya bajo...

Mientras Aziliz se desliza de rama en rama para reunirse con nosotros, le cuento a Efflam que mi sobrina se pasa la mayor parte del tiempo posada ahí arriba y que incluso ha colocado una almohada en la horcadura de una rama gruesa para echarse la siesta.

Una decena de velas calientaplatos alumbran un antiguo panel de señalización que hemos colocado sobre un grueso tocón a modo de mesa. Las velas que Aziliz ha repartido un poco por todas partes, sobre las piedras del muro bajo y en las ramas inferiores del haya, dan al lugar un toque festivo. Esta es nuestra fiesta de inauguración, ahora que Aziliz ha acabado la limpieza general, yo he finalizado las reparaciones de primera necesidad, y Noé, la construcción del hogar para los murciélagos. Pese a que Efflam sea nuestro único invitado, su presencia inmensa y sus maravillosas historias llenan el claro y es como si encendieran las estrellas, una tras otra.

—¡Otra historia, Efflam! —pide Aziliz apenas nos recuperamos de las carcajadas provocadas por uno de sus recuerdos desternillantes de su época de estudiante en la facultad de Rennes.

—Se hace tal vez un poco tarde, ángel mío, y te recuerdo que dentro de dos días empiezas en tu nueva escuela.

—Bueno, dentro de dos días, ¡no mañana! ¡Por favor, Gab!

—La última, entonces, si a Efflam le parece bien…

El anciano se alisa la barba.

—Muy bien —declara—. La que voy a contar no me concierne a mí, pero ocurrió aquí mismo, en Loc-Envel, quiero decir.

—¿Es una historia de miedo? —pregunta Aziliz.

—Ah, no, ¡en absoluto!

Carraspea antes de deleitarnos con su talento para contar historias.

—He aquí los hechos como me los relató mi padre, a quien a su vez se los contó el suyo.

A principios del siglo pasado, el cura del pueblo, por aquel entonces de edad muy avanzada, decidió retirarse. Para ocupar su puesto, enviaron a un joven párroco, recién salido del seminario. La vieja ama de llaves del antiguo cura aprovechó la ocasión para dejar sus funciones e irse a casa de uno de sus hijos, con quien pensaba pasar sus últimos días. El joven contrató entonces a una mujer joven, bastante agradable a la vista, para sustituirla. Nuestro joven párroco, que tampoco estaba mal, ocupó su puesto en la curia de Loc-Envel. Todo iba a las mil maravillas según los parroquianos, y sobre todo las parroquianas, que acudían en gran número a confesarse.

Un día, el obispo de Tréguier, en su recorrido anual por las parroquias de la región, llegó a Loc-Envel. El joven cura lo recibió con todo el respeto debido a su cargo y le propuso que asistiera a uno de sus oficios, que nuestro obispo encontró enteramente satisfactorio.

El párroco invitó a continuación a su superior a cenar con él, y le mostró la casa parroquial mientras el ama de llaves preparaba la comida. Le enseñó el comedor y el pequeño salón, y luego lo condujo al primer piso. Allí había una habitación muy bonita, con una cama de matrimonio grande y recia cubierta con un edredón de franela y mullidas almohadas, además de una bonita mesa de madera de nogal, perfectamente encerada, sobre la cual reposaba un jarrón de porcelana con un ramo de flores silvestres.

—Hijo mío, mi querido hijo —exclamó el obispo con reprobación—, ¡cuánta opulencia para la habitación de un cura! ¿Y qué hay de su voto de pobreza?

—¡Oh, monseñor! —respondió el joven—, os confundís conmigo: esta no es mi habitación, sino la del ama de llaves. La mía se encuentra en la planta superior.

Precedido por el joven cura, el obispo se lanzó al asalto de una escalera empinada que llevaba a una buhardilla amueblada con una sencilla cama de hierro medio oxidado y un humilde jergón. En el cabecero de la cama colgaba un crucifijo. Junto a ella, un antiguo baúl encima del cual reposaban una biblia y un viejo candelero de latón.

—Esto sí que es más apropiado, en efecto —dijo el obispo, contento tras la inspección.

Un poco más tarde, los dos eclesiásticos se sentaron a la mesa para cenar. La joven ama de llaves llevó una sopera humeante y les sirvió con la ayuda de un magnífico cucharón de plata, que no escapó a la mirada severa de nuestro obispo.

—¿Piensa usted, hijo mío, que conviene que a un hombre de Dios le sirvan con un utensilio tan valioso?

—¡Ah! No se equivoque, monseñor; el valor de este cucharón es solo sentimental. Verá usted, es lo único que me queda de mi difunta madre… Solo lo he conservado y lo utilizo por su valor sentimental.

—Ah, si se trata de un recuerdo de familia, es diferente —concedió el prelado.

El resto de la cena transcurrió sin más incidentes destacables, y el obispo se marchó satisfecho.

La noche siguiente, a la hora de la cena, el ama de llaves irrumpió alarmada en el comedor.

—Oh, señor cura, ¡es terrible! ¡No encuentro el cucharón de plata! ¡Lo he buscado por todas partes! ¡Ha desaparecido!

Nuestro joven párroco no se preocupó demasiado. El cucharón tenía que estar en algún sitio, el ama de llaves acabaría encontrándolo. Pero pasaron los días sin rastro del cucharón. Había desaparecido de verdad. Contrariado e irritado, el cura decidió escribir a su superior. Tras varios borradores, expuso sus cuitas en los términos siguientes: «Monseñor, no digo que me haya robado usted el cucharón. Tampoco digo que no me haya robado el cucharón. Lo único que digo es que, después de que usted se fuera, el cucharón desapareció».

Concluyó la carta con una fórmula de cortesía que os ahorro y se la envió al obispo. Al cabo de unos días llegó la respuesta del obispo. La misiva decía: «Hijo mío, no digo que se acueste usted con su ama de llaves. Tampoco digo que no se acueste con su ama de llaves. Lo único que digo es que, si hubiese dormido en su propia cama, habría encontrado usted el cucharón».

Una enorme carcajada resuena al final de la historia. El lado travieso de Efflam me recuerda al de Merlín el encantador. Aziliz está contentísima, y Noé, muerto de la risa.

—Nunca habría imaginado que los druidas tuvieran tanto sentido del humor —le digo a Efflam mientras vuelvo a servirme zumo de pera y saúco.

—¿Cómo los imaginabas, entonces? —me pregunta él.

—No lo sé, más misteriosos, quizá...

—La búsqueda de la sabiduría siempre lleva a esta conclusión: todo es perfecto y todo es amor. El amor y la perfección se manifiestan en todo... En un copo de nieve, en el canto de un pájaro, en la risa de un niño, en el silencio de las piedras. La vida nos revela su perfección en una infinidad de formas y se renueva de manera constante.

—Tú, Efflam, sí que eres perfecto, con esas historias divertidas...

—Sí, pequeña hada, es mi forma de celebrar la vida.

—Y yo que pensaba que los druidas solo se dedicaban a cosas sagradas —digo al tiempo que alzo la vista para contemplar las estrellas...

—¡Y así es! Lo sagrado es lo que honra la vida, o la vida es lo único que existe. ¡Comerse un bocadillo o bromear puede ser tan sagrado como meditar debajo de un árbol! Todo depende de la intención que le pongas.

—¿Comerse una pizza es sagrado?

—¡Por supuesto, Nominoë! Se requiere un universo entero para hacer posible la existencia de una simple pizza, literalmente. Si modificas, aunque sea de manera infinitesimal, uno solo de los parámetros de nuestro universo, nada más de todo eso es posible. Cuando asimilas la magnitud de lo que eso significa, te colma una gratitud infinita por ese milagro que constituye la pizza, y la saboreas dando gracias a la Diosa por ese regalo celestial.

Se produce un silencio, como si un ángel acudiera a nuestra mesa y saboreara con nosotros estos instantes de bienestar. En la quietud que de pronto invade el claro, Mélusine emite un tímido maullido.

—Tú quieres irte a dormir, tienes sueño —susurra Aziliz.

Efflam aprovecha para levantarse.

—Para mí también es hora. He pasado una velada maravillosa, amigos míos, os agradezco este momento mágico.

Me levanto a mi vez y me ofrezco para acompañarle hasta la granja.

—Tienes un hogar magnífico —me dice Efflam en voz baja cuando atravesamos el bosque—. Solo hace falta acondicionarlo un poco más para la pequeña…

—Es algo complicado, en cuanto a la tesorería, en este momento.

—Me lo imaginaba… Pásate por mi casa antes de que

Aziliz empiece el colegio. Con el tiempo he acumulado un montón de objetos en mi granja de los que tengo intención de deshacerme. Seguro que encuentras cosas que os serán útiles.

—Es muy generoso por tu parte, Efflam, pero ya nos has ayudado muchísimo con las herramientas. No puedo abusar de tu amabilidad…

Apoya una mano en mi hombro.

—El favor me lo harás tú a mí librándome de esos bártulos. ¿Estás disponible mañana?

Sonrío para mis adentros. Esta forma que tiene de poner las cosas tan sencillas…

—Cuenta conmigo, Efflam. Gracias.

—Soy yo quien te lo agradece a ti, muchacho.

Una vez delante de la granja, busco su coche con la mirada.

—¿Dónde has aparcado?

—No he cogido el coche…

—¿Has venido a pie?

Hace un gesto afirmativo. Enseguida le señalo el Ávalon.

—Te llevo a casa…

—Ni pensarlo, me sentará muy bien dar un paseo.

—¡Pero es de noche, Efflam!

—¿Y qué? ¿Hay algo más dulce que caminar a la luz de las estrellas en compañía de las lechuzas y los erizos? ¿Querrías privarme de ese placer? No te preocupes, no voy a perderme, conozco el lugar como la palma de mi mano.

Me quedo sin palabras cuando abre los brazos para estrecharme entre sus brazos.

—Pórtate bien, Gabriel, y que la Diosa te bendiga.

—Buenas noches, Efflam.

—¡*Noz vat*, muchacho! —me contesta a medida que se aleja.

Me quedo ahí, envuelto en el silencio de la noche, hasta que la silueta del viejo druida desaparece como por ensalmo entre las sombras fantasmagóricas del camino.

21

Rodeado de otros padres de alumnos, la espero delante de la escuela, un gran edificio de granito apenas más grande que el resto de las casas del pueblo.

Una llovizna desapacible persiste desde esta mañana para acompañar el comienzo del curso. Los alumnos de la única clase, en la que se agrupan todos, desde el parvulario hasta el final de primaria, aparecen al fin en el pequeño patio arbolado de la institución. Localizo a mi sobrina entre los demás niños. En cuanto me ve, se precipita hacia mí y salta a mis brazos, ante la mirada divertida de las mamás presentes.

—Bueno, ¿ha ido bien?

—Está bien —responde escondiendo la cabeza en mi cuello.

—¿Está bien? ¿Eso es todo? ¿Qué pasa, mi niña? ¿No te gusta la maestra? ¿O quizá tus compañeros?

—Sí... La maestra es amable, y los demás niños también. Es solo que... he pensado que no volveré a ver a mis amigas de París, y eso me ha puesto triste. Cuando me despedí de ellas antes de las vacaciones, no sabía que no volvería a verlas... No pensaba que cambiaría de escuela...

Siento sus lágrimas resbalando por mi cuello.

—Todo irá bien, angelito mío, todo irá bien —le digo mientras le doy palmaditas en la espalda—. Vamos a casa. ¿Sabes qué? Noé ha empezado hoy a construir un refugio para erizos y casi lo ha terminado.

—¿Tenemos erizos en casa? —pregunta ella sorbiéndose los mocos.

—Bueno, ¡ahora tenemos una casita para ellos!

La dejo en el estribo del Ávalon.

—Me gustan mucho los erizos —me confiesa al tiempo que pasa por encima del asiento del conductor para deslizarse hasta el del medio—. Estaría bien que una familia de erizos decidiese vivir con nosotros...

—¿Una familia entera?

Ahora sonríe.

—¡Sí, sería genial!

Arranco, tranquilizado al ver que su tristeza se ha disipado tan rápido. Con la llovizna, una luminosidad austera envuelve el campo que nos rodea y me doy cuenta de que este tiempo no me molesta. Incluso me gusta el tono gris de esta época del año...

Cuando llegamos al terraplén situado detrás del cobertizo, que utilizamos como aparcamiento, descubro con estupor dos vehículos estacionados. No tengo ni tiempo de perderme en conjeturas cuando advierto tres siluetas que salen de la casa de labor: un hombre joven y una pareja de quincuagenarios. Tras acompañar al hombre y a la mujer a su coche y estrecharles la mano, el joven se dirige hacia mí. Me bajo de la furgoneta y le pido a Aziliz que me espere ahí.

—Buenos días, ¿debe de ser usted el hijo de la señora Toussaint?

—Exacto… Buenos días, señor.

—Su madre me avisó de que se había instalado aquí temporalmente…

Me tiende una mano floja, que estrecho de forma mecánica.

—Gregory Le Gall, soy el agente inmobiliario encargado de la venta de su casa… perdón, quería decir de la casa de su familia.

Su irrupción repentina hace que crezca en mí una oleada de angustia que intento disimular como puedo.

—Bueno, ha hecho usted un trabajo formidable —continúa el agente—. No es lo que buscaban esos señores, pero no tema, ahora que lo han limpiado todo perfectamente, será más fácil encontrar un comprador. No quiero ocultarle que la basura a cielo abierto ahuyentaba a los clientes, pero el hecho de que lo hayan limpiado y hayan derribado los muros del interior lo cambia todo: ahora sus dimensiones han quedado a la vista y se le ve el potencial. ¡Me quito el sombrero por el trabajo! Se venderá rápido, puede decírselo a su madre. Cuente conmigo para reactivar las visitas. Bueno, debo dejarle, tengo una cita en la agencia —concluye echando un vistazo a su reloj—. Hasta pronto, señor Toussaint.

Medio aturdido por lo que acaba de decirme, veo cómo arranca su 4×4 y se aleja. Comprendo entonces que, al limpiarlo, sin querer, hemos acelerado nuestro desalojo. Lágrimas amargas arden en mis ojos, lágrimas que contengo al escuchar la vocecilla de Aziliz a mi espalda.

—¿El señor con el que hablabas es el que va a vender nuestra casa?

Asiento con la cabeza. Incapaz de pronunciar palabra, abro los brazos, a los que enseguida viene a acurrucarse. Me encantaría poder tranquilizarla, consolarla, pero, una vez más, es ella quien me reconforta a mí.

—No te preocupes. El universo no nos ha guiado hasta nuestro hogar para obligarnos a marcharnos tan rápido. ¡No te preocupes, Gab, ya verás como todo se arreglará!

No puedo contener más el nudo de angustia que me oprime la garganta. Estalla en forma de sollozos cuando la manita de Aziliz me da palmaditas en la espalda como he hecho yo antes con ella, a la salida de la escuela.

Kernaël, 21 de septiembre

La casita ha cambiado mucho desde que llegamos, sobre todo desde que recibimos los obsequios de Efflam, a saber, tres sillas, una mesa y una alacena. También nos regaló una cama pequeña y un escritorio, que hemos subido al altillo, convertido ahora en la habitación de Aziliz, sin olvidar un viejo armario en el que lo guardamos todo: mantas, platos, cazuelas, vasos, cubiertos... todo tesoros recuperados de la granja del viejo druida. Las obras avanzan despacio por falta de medios, y de tiempo: en efecto, nos dedicamos sobre todo a recoger leña para alimentar la chimenea, tras haber gastado los últimos euros en deshollinarla. Ahora dependemos principalmente de la naturaleza, muy generosa en esta estación en lo que se refiere a castañas, manzanas y setas.

Envuelta en su chaqueta polar con capucha, y más tirada que sentada en la silla, Aziliz gira de manera maquinal la cuchara en el cuenco lleno de muesli y castañas. Fuera, le cuesta arrancar al día, y un frío matinal inclemente ha traspasado los muros de la cabaña. Noé, aún acostado en el sofá, se ha enrollado en el edredón. Embutido en varios jerséis superpuestos y sentado a la mesa delante de mi sobrina, releo lo que acabo de escribir en mi cuaderno.

—Es la hora, Aziliz —digo al tiempo que cierro mi diario.

Con los ojos todavía velados por el sueño, se levanta y deposita a Mélusine, que estaba acurrucada en su regazo, en el asiento de paja de la silla y luego coge la cartera. Al subir por el sendero con paso vivo, le pregunto:

—¿Esta noche duermes en casa de tu amiga?

Asiente con la cabeza.

—¿Cómo se llamaba?

—Émeline —responde ella con la voz ligeramente tomada cuando llegamos a los límites de nuestro dominio secreto.

Así es como nos referimos al terreno que se extiende desde donde empieza el sendero hasta nuestro claro tras emprender la operación camuflaje a raíz de la entusiasta visita del agente inmobiliario. Como todo apunta a que este último desconoce la existencia de la pequeña cabaña, decidimos que debía continuar siendo así. Nuestra operación camuflaje consistió en crear un portal de ramaje, con zarzas y hiedra trenzadas, para disimular el inicio del camino forestal. El resultado está a la altura de nuestras expectativas. Imposible adivinar la existencia de un camino tras el muro de zarzas. Un hueco a modo de mirilla de follaje extraíble nos permitirá observar si el agente está ahí antes de hacer girar la puerta vegetal, que volvemos a cerrar de inmediato después de franquearla. La regla es no dejarla abierta bajo ningún concepto.

Nadie a la vista. Nos escabullimos para subir a la furgoneta, que está completamente helada. Tras varios intentos fallidos, el Ávalon acaba por izar las velas, listo para hacer frente a nuevas tempestades.

22

—¿Te pongo un poco más de infusión? Le he añadido jengibre, te tonificará.

Acepto con gratitud la bebida, que, en efecto, me revitaliza desde el primer trago.

—¿Qué tal os va en vuestro pequeño paraíso? —me pregunta Efflam.

—Oh, Aziliz es feliz, le gusta mucho la nueva escuela. Ha hecho dos amigas allí. En cuanto a Noé, se pasa la mayor parte del tiempo creando refugios para los animales. ¡Ahora está fabricando un nidal para búhos! Se pasa horas puliendo el menor detalle. Disfruta tanto… Nunca pensé que recuperaría tal apetito por la vida.

—¡Je, je, está construyendo su arca! Sí, parece que ha encontrado su razón para estar aquí.

—¡Eso espero, de todo corazón!

—¿Y tú? No me cuentas nada de ti…

—Yo… eh, estoy bien… bueno, yo…

—¿Tú?

—Yo… yo…

Las palabras se me quedan atascadas en la garganta. No sé si de verdad me apetece hablar de esto. Ni siquiera sé si me apetece pensar en ello. Sin embargo, acabo cediendo, casi a mi pesar.

—No sé cómo contarles… cómo decirles que tendrán que abandonar…

Efflam me dirige una mirada penetrante.

—¿Qué tienen que abandonar, muchacho?

Bajo la vista, incapaz de sostenerle la mirada al viejo druida.

—Hemos llegado al final de la aventura, Efflam —le aseguro—. Tengo la cuenta al descubierto, y no contamos con ninguna fuente de ingresos. Yo… ya no sé dónde estoy ni qué debo hacer… No sé qué decirles. Soy incapaz de imaginar lo que está por venir…

—Quizá podrías intentar encontrar trabajo, ¿no?

Descarto su sugerencia con un gesto de la mano.

—Me he pasado la vida haciendo lo que se esperaba de mí, escuchando la voz del sistema. Impensable volver atrás. No podría. Esta sociedad es completamente absurda, ya no quiero contribuir a ella.

—Hum… Si lo entiendo bien, me estás diciendo que te has pasado el tiempo acallando tus deseos profundos para ejercer una actividad que no cuadraba contigo, ¿es eso?

—¡Sí, es justo eso!

—Y ante el fracaso evidente de este comportamiento has elegido hacer justo lo contrario, ¿es así?

—Sí. No quiero seguir traicionando mis valores y mis aspiraciones profundas. Cuando pienso en el estado de resignación, de desesperanza, en el que me encontraba, no puedo plantearme volver a mi antigua vida.

Efflam se acaricia la barba largo y tendido antes de continuar.

—Comparto parte de tu visión de las cosas. La humanidad actual tiende a olvidar sus sueños, sus convicciones. Descuida el aspecto idealista y espiritual del hombre en beneficio de una visión puramente materialista que está en el origen de la mayoría de los males que acosan a nuestro planeta… Sin embargo, vivimos en un mundo material. Huir de lo material no es necesariamente la vía más eficaz para encontrar la felicidad.

Levanto la cabeza de la infusión, interpelado por sus palabras.

—Verás, muchacho, el druidismo predica que ningún aspecto de la existencia es indigno. ¿Cómo podría ser de otro modo cuando todo emana de la Diosa? La vida es un proceso complejo, simbiótico. Cada uno de sus aspectos se alimenta del resto. Somos niños nacidos del amor entre el cielo y la tierra. El cielo es la imagen de nuestra alma eterna, y la tierra, la imagen de nuestro cuerpo. Cuando morimos, nuestro cuerpo vuelve a la tierra, se convierte en tierra. De hecho, nunca ha dejado de ser tierra. La historia de uno cualquiera de los átomos que te componen es la historia de nuestro planeta: antes era piedra, luego gota de agua, luego flor y mil cosas más hasta convertirse en ti. Y así seguirá siendo después, cuando tú ya no estés.

—Comprendo el principio, Efflam, pero no acabo de ver qué tiene eso que ver con mis problemas. Me resulta un poco abstracto…

—Pues mira, no tiene un ápice de abstracto. Tú eres

uno con la naturaleza, quiero decir que formas parte de este gran cuerpo que llamamos tierra.

—¿Y cómo va a ayudarme la tierra a sanear mi cuenta corriente?

—No es mi función arreglar tus problemas, pero escúchame bien: ahora mismo es en lo material donde tienes dificultades. Si reconectas con tu lado material, es decir, tu esencia natural, la solución llegará sola.

Me cuesta controlar la exasperación que me embarga. Me doy cuenta de que, en el fondo, esperaba que el druida me proporcionase una receta milagrosa, y, sin embargo, su respuesta me deja al borde del abismo. Dicho esto, mi situación actual, evidentemente, no es cosa suya, y sería injusto descargar sobre él la ira que me invade. Intento eliminarla con un suspiro antes de responder.

—Reconectar con mi lado material no es lo mío. Además, no sé ni por dónde empezar…

—En eso creo que puedo ayudarte —contesta con una sonrisa maliciosa—. Vamos a dar una vuelta. ¿Vienes?

El claro al que me ha conducido Efflam está bañado por un sol suave que me acaricia la piel. ¿Es debido a los tres megalitos naturales, hundidos en el suelo, que este lugar desprende una atmósfera mágica, intemporal? Tengo la curiosa impresión de que me aguarda desde siempre, un santuario intacto desde los albores de los tiempos, cuando las hordas de ciervos pisaban esta tierra rica y verde, y los antiguos celtas vivían en perfecta armonía con la naturaleza. A unos pasos de mí, un roble venerable me envuelve con su bondad. El viejo druida me ha dejado solo en este lugar perfecto. Con los pies hundidos en la tierra, inicio el ritual que acaba de transmitirme.

Inspiro varias veces a pleno pulmón mientras visualizo que reúno todas las partes de mi aura que se han dispersado. Siento que el malestar se disuelve poco a poco al colmarme de mí mismo. Cuando me siento del todo reunido, me imagino un haz de luz en lo alto de mi cabeza en dirección al cosmos. Rápidamente la sensación se revierte y siento que una oleada de amor desciende sobre mí revistiéndome de dulzura. Aprovecho un momento de esta cálida sensación antes de pasar a la última parte: anclo profundamente mi consciencia en la parte inferior de mi cuerpo, en mi pelvis, en el contacto de mis pies con el suelo, e imagino raíces que brotan y descienden hasta el corazón de la tierra. Centrado, conectado, anclado.

Efflam no mentía: estoy más presente que nunca. Siento que mi cuerpo vibra. Lo siento en el contacto con la tierra, que hormiguea de vida bajo mis pies... Es como si el aire resplandeciera a mi alrededor. ¿Cómo he podido vivir hasta ahora sin advertir esta conexión con todos los seres vivos? Siento que esta energía no tiene ni principio ni fin. De repente, me da la impresión de que estoy como en una burbuja, una burbuja que es el universo mismo. De golpe, mis problemas me parecen casi extraños, sin ningún vínculo con el instante presente. No obstante, he consentido hacer este ejercicio de reconexión con la materia bajo los consejos del druida con la esperanza de encontrar una solución a mis problemas. Me siento en un tocón musgoso y saco mi cuaderno. Me he dado cuenta de que escribir a menudo me ayuda a aclarar mis pensamientos. En el centro de la página escribo mi problemática principal: «¿Cómo vivir en consonancia con mis aspiraciones profundas?». A continuación registro mis pensamientos tal como vienen, dejando correr la pluma por el papel sin preocuparme por las faltas ni por el estilo.

O sigo el juego y participo en el funcionamiento de una sociedad con la que estoy en absoluto desacuerdo o decido dar prioridad a mi sueño… Esta segunda decisión es evidente, ¡salvo que tendré que abandonarlo todo por falta de recursos! Al romper con mi antigua vida, he negado el aspecto material de las cosas; sin embargo, vivo en un mundo material. Eso es lo que me ha hecho entender Efflam. Pero ¿qué hago? ¿Volver a mi existencia anterior y ayudar a empresas riquísimas a llenarse aún más los bolsillos?

Mientras escribo estas palabras, siento que se me tensa todo el cuerpo. No, me niego a seguir por estos derroteros. Me siento mal y me doy cuenta de que pierdo el estado de conexión en el que tan bien me encontraba. Una parte de mí desea dejarlo. Me dice que ya está todo perdido. «Es el mundo lo que es disfuncional, y tú no puedes hacer nada. ¡No hay nada que hacer!». Otra parte me dice que debo intentarlo a pesar de todo. Se lo debo a Aziliz, se lo debo a Noé. Intento volver a centrarme. El nudo que tengo en el estómago me lo impide. Mi mente me obstaculiza y me dice que todo esto es inútil, ¿para qué buscar una solución? Analizo mis pensamientos y me doy cuenta de su poder nefasto. No, no abandonaré, aunque todo esté abocado al fracaso… Mi resistencia mental desaparece de inmediato, como si la hubiera desenmascarado. Las cosas se alinean entonces en mí con un fulgor sorprendente. Comprendo en un instante hasta qué punto he estado ciego al pasar de un extremo al otro saboteando toda posibilidad de éxito. Si no sueño, abandono mi vida, es cierto, pero si no gano dinero, debo abandonar mi sueño. De hecho, no tengo que elegir entre estas dos opciones radicales. Dejar mi antigua vida es probablemente la mejor decisión que he tomado nunca, de modo que debo aceptar la responsabilidad de esta decisión, darle una oportunidad: no debo trabajar para sobrevivir, como hacía antes, sino para construir mis sueños. ¡Para materializarlos! «Mi tierra hecha realidad», como me ha susurrado Efflam en la lengua de los pájaros antes de dejarme solo en el claro.

Me levanto con brusquedad, lleno de una energía vertical. Debería haber reaccionado hace mucho tiempo, espero que no sea demasiado tarde. Doy las gracias rápidamente al claro y al roble por haberme ayudado a aclarar mis pensamientos antes de encaminarme a la casa. Tengo una llamada importante que hacer.

—¿Gabriel?

—Hola, mamá.

—Vaya, ¡qué sorpresa! Me llamas tan poco… —Hace una pausa—. ¿Hay algún problema con Aziliz?

—Aziliz está bien, mamá… La he matriculado en una escuela cercana. Ya ha hecho amigas…

Tener que contarle la situación en la que los he metido al perseguir mis sueños ciegamente me hace sentir como un niño al que han pillado en falta. No obstante, sería injusto pedirle un préstamo sin explicarle las razones, y necesito esa ayuda. Vacilo unos segundos antes de lanzarme.

—Te necesito.

—Te escucho, estoy aquí.

Su voz delata concentración, sin dejar de ser cariñosa, encantadora. Sé que estará ahí para nosotros, que no me juzgará. Entonces, ¿por qué esta sensación de fracaso, esta idea de que nunca estaré a la altura de sus expectativas? Recupero el control, no es momento de vacilar.

—Es una larga historia.

—Tengo todo el tiempo, Gabriel, todo el tiempo.

23

Las callejuelas del pueblo están abarrotadas de coches, lo que no deja de sorprenderme. La verdad es que no pensaba que habría tanta gente. Por fin consigo aparcar el Ávalon a la salida del pueblo, en el arcén de la carretera que conduce a Loc-Envel. Una noche oscura como boca de lobo, con el cielo cargado de nubes, pesa sobre las calles sin alumbrar. Ya me arrepiento de haber venido. Aziliz debe de percibirlo, porque me suelta:

—¡Ya verás, Gab, va a estar genial!

Le sonrío. Ahora que estoy aquí, tampoco voy a fastidiarle la velada con mis preocupaciones. La verdad es que esta noche no estoy para descubrir las fiestas folclóricas locales. Tras bucear en internet durante los tres últimos días me he dado cuenta de hasta qué punto va a ser complicado encontrar trabajo en la zona. El adelanto de fondos de mi madre no cubrirá nuestros gastos eternamente, y mi nivel de angustia está en lo más alto. Pero Aziliz hablaba tan emocionada de la *fest-noz* que se celebraba en Plounévez-Moëdec, justo al lado de nuestra casa, que he decidido traerla. Noé no ha querido venir, claro. Imposible para él unirse a semejante multitud. Hay una larga cola para entrar, y muchas personas hablando unas con otras, sentadas en los escalones y alrededor del edificio que alberga el festival bretón. Resulta irrisorio para el parisino que era yo, pero esta pequeña multitud representa al menos la mitad de los habitantes del que ahora es mi municipio.

En el interior del recinto, la fiesta está en pleno apogeo. El ruido sordo y potente de la bombarda llega hasta nosotros mientras esperamos en la cola. Pago en la caja, improvisada con un pupitre, los seis euros de mi entrada (para Aziliz es gratis) y accedo al lugar con un escepticismo que empieza a mezclarse, he de reconocer, con cierta curiosidad.

—¡Ah, mira quiénes están ahí! ¡Émeline y Maïwen! —exclama Aziliz, que me suelta la mano de inmediato para ir corriendo adonde están sus amigas.

Dejo a mi sobrina con ellas y paso al gran salón. Ahí, un centenar largo de bailarines, cogidos de la mano y el brazo, forman un amplio corrillo alrededor de un dúo de gaita y bombarda. Los dos músicos, con las mejillas rojas y el cuerpo empapado de sudor, como en trance, animan a toda esa gente con ritmos inmemoriales. Tras un último ascenso de su potencia, se detienen y reciben los aplausos del público. En el escenario, se prepara el grupo siguiente. Los miembros del cuarteto aprovechan el tiempo de espera para afinar los instrumentos. Finalmente, la cantante se adelanta y anuncia por el micro:

—Hola, somos el grupo An Tri Dipop. ¡Y vamos a empezar con una ronda de Landéda!

Se hace el silencio. Un puñado de acordes de guitarra,

suaves y cautivadores, resuenan en la sala; luego entra la trompeta, extraña a primera vista en esta formación bretona, pero perfecta. Cuando la voz de la cantante se eleva de pronto, sus palabras me transportan a bosques dorados en los que nacen y mueren los amores. La entrada del contrabajo amplifica aún más esta emoción que me conmueve: una nostalgia lacerante y una dulzura violenta desgarran mi alma y la arrullan a un tiempo. Al son de esta música, que hunde sus raíces en tiempos remotos, resurge el pasado celta y lo adapta a un registro contemporáneo, uniendo historia y presente, la esencia de Bretaña como yo la vivo. Llevado por un impulso incontrolable, me sumo al círculo y me uno a los demás en este ritual ancestral que es el baile. Las manos se tocan, los dedos se estrujan, los cuerpos se rozan. Me siento más vivo que nunca. Frágil y poderoso, unido al movimiento de mis semejantes. Unido a su fraternidad.

Estoy en este estado de éxtasis cuando la atisbo. Nuestros ojos se cruzan por casualidad, luego se zambullen unos en otros durante un instante de eternidad, antes de apartarse con brusquedad. El efecto es más fuerte aún que la primera vez que la vi, en el patio de Efflam. Curiosamente, este reencuentro provoca mi caída de la nube paradisíaca a la que me había transportado la música. Busco de nuevo el contacto de sus ojos. Sin éxito. Ahora me siento torpe, fuera de lugar en este círculo de bailarines experimentados, desconectado del grupo. El final de la pieza me saca de esta embarazosa situación, y salgo enseguida del círculo.

Me paso el resto de la *fest-noz* observando a mi bella

desconocida de lejos. Dudo, no sé si abordarla o no, pero no encuentro el valor para hacerlo. Un movimiento de la multitud nos sitúa finalmente a dos pasos el uno del otro en el momento en el que el grupo anuncia un baile de pareja. Me encantaría cogerla de la mano para sacarla a bailar, pero renuncio, atemorizado de pronto por mis lamentables dotes para el baile... o simplemente por mi falta de valentía. La tensión que se ha apoderado de mí me impide disfrutar de la música y del ambiente, pero no basta para fastidiarme por completo la noche. Cuando se va, incluso recupero el entusiasmo de los primeros instantes, y tras recoger a Aziliz, que está en la gloria, dejo el lugar con el corazón rebosante de júbilo.

—¡Ha sido genial! ¡Me ha encantado!

—Sí. Tengo que reconocer que tenías razón, ¡he pasado una noche excelente!

—Lo sé. Te he visto bailar... y he visto que mirabas a la chica guapa, la que nos indicó el camino cuando nos perdimos el día en que llegamos...

—¡Ah! Tú también la has reconocido...

Emite una risita pícara.

—Te gusta, ¿eh? ¿Por qué no la has invitado a bailar?

—¡Eh! Eso no es cosa tuya. Y de todos modos, no conozco esos bailes... me habría sentido ridículo.

—Mis amigas me los han enseñado todos, en casa podemos practicar...

—¿Practicar?

—¡Claro! Así podrás invitarla la próxima vez.

—¿Y si no me apetece?

—¡Gab! ¡Se ve a la legua que estás colado por ella!

—¿Colado por ella? Pero ¿de dónde has sacado eso?

Por toda respuesta, Aziliz se contenta con alzar la vista al cielo y ocupar su sitio en el Ávalon. Guardo silencio durante el camino de regreso. En cuanto se ha puesto el cinturón de seguridad, mi sobrina ha empezado a bailar en los brazos de Morfeo, con una sonrisa en los labios. Tiene razón: me siento increíblemente atraído por la bella desconocida. En lo que se refiere a la práctica, en cambio, no sé si los pocos pasos de vals o de *scottish* que quiere enseñarme me ayudarán a franquear el abismo de miedos vertiginosos que me mantiene alejado del amor.

24

Llego a casa completamente contrariado. La entrevista de trabajo ha sido un desastre. Me pregunto qué me ha llevado a presentarme para un puesto de electricista cuando no tengo ninguna experiencia, ninguna formación. Pensé que el contrato temporal me permitiría adquirir nociones en ese ámbito, nociones que, por otra parte, necesito para emprender las reformas que nuestra casa necesita, al tiempo que ganaba dinero… Buscaban a alguien cualificado, no un aprendiz, me han dicho. En fin, una pérdida de tiempo.

No quiero inscribirme en la agencia pública de empleo para evitar que el servicio jurídico de tutelas descubra mi nueva condición de desempleado, y eso complica la búsqueda. Encontrar trabajo en la zona es casi como buscar una aguja en un pajar. Todo se hace de manera informal, mediante contactos, por el boca a boca, y yo no conozco a nadie.

En estado de alerta, me deslizo tras el portal de zarzas para acceder a nuestro dominio secreto. La serenidad del lugar me tranquiliza poco a poco. La tierra está fría bajo los dedos de mis pies y, sin embargo, su contacto me reconforta. Me detengo unos segundos para conectar plenamente con ella cerrando los ojos. Una corriente de energía asciende lentamente en mi interior. Mi cabello se mece con suavidad al viento fresco de la noche. Aquí y ahora, todo va bien. Abro los ojos. Me siento más seguro. No debo perder el valor. «La vida no abandona a aquellos que siguen su propia leyenda», como suele decir Aziliz.

Las carcajadas de mi sobrina, que escapan de la casa, acaban por distraerme.

—No, Noé, lo estás haciendo mal, ¡tienes que adelantar el otro pie, así!

—¡Este rollo es complicado, reconócelo!

Los dos se vuelven hacia mí cuando abro la puerta de par en par.

—¡Gab! Estoy intentando enseñarle la *gavotte* —me explica con una sonrisa enorme—. ¡Así podrá venir a bailar con nosotros la próxima vez!

Por un instante intento imaginar a Noé en medio de la multitud reunida en una pequeña sala de fiestas… No lo consigo… La ojeada dubitativa que me lanza mi primo corrobora mis dudas. No obstante, he de reconocer que tampoco me lo habría imaginado nunca fuera de nuestro apartamento, cuando vivíamos en París. Así que, ¿por qué no en un festival bretón? Todo es posible. No enseguida, claro, sino cuando se haya familiarizado con los humanos. ¿Puede que acabe dedicándose a construir casas? En cualquier caso, cabe ahondar en esta reflexión. Por el momento, Aziliz le ha soltado las manos para tomar las mías y, con gesto autoritario, me ha colocado su izquierda en mi hombro y la mía a la altura de su cintura.

—Vale, ahora vamos contigo, Gab. ¡Es imprescindible que sepas bailar el *scottish* la próxima vez! Ya verás, es muy sencillo, ¡yo lo aprendí en una sola noche!

—A mí me ha dicho lo mismo de la *gavotte* —me suelta Noé con una mueca, al tiempo que se deja caer con pesadez en el sofá, contentísimo de dejar de hacer de cobaya.

Mélusine, que se ha despertado asustada por la caída de Noé a unos centímetros de ella, se precipita hacia la escalera para saltar al altillo con un maullido de reprobación.

—Por cierto, Gab, ¿te parece bien que venga Émeline este fin de semana?

—Sí, pero no puede quedarse a dormir, la casa es demasiado… no es lo bastante…

—¡Es demasiado fría! —zanja Noé.

Mi primo tiene razón. No deseo hacer sufrir a la amiguita de Aziliz por la precariedad de nuestra vivienda. La chimenea nos proporciona un asomo de calor durante el día, pero no por la noche.

—Y, de todos modos, no hay cama para ella.

—Ya me lo has dicho, Gab. Habrá que ir a buscarla por la mañana a su casa, y su padre la recogerá por la noche… ¿Vale?

—Está bien.

Me sonríe, satisfecha.

—Bueno, ¿por dónde íbamos? Noé, ¿puedes ponernos un *scottish*? Encontrarás alguno en la lista de reproducción «fest-noz». ¡Haremos de Gabriel el mejor bailarín del Trégor!

Erwan, el padre de Émeline, es un hombre larguirucho de rostro arrugado, que rebosa de fuerza y dulzura. Su melena corta y canosa flota en el aire nocturno.

—¡Tienen ustedes unas vistas preciosas! ¡Oh! El tejado necesitaría una restauración importante —me dice al tiempo que señala la estructura hundida.

No puedo sino reconocerlo.

—Por el momento, nos concentramos sobre todo en la casa de abajo. Es por aquí…

Erwan se sorprende al verme maniobrar con el muro de zarzas.

—No está mal, como portal…

—Ah, ha sido idea de mi sobrina. Le encantan los pasajes secretos…

Bajamos hasta el haya. Erwan emite un silbido de admiración al descubrir el lugar.

—¡Pero si tienen aquí un verdadero tesoro!

—¡Gracias! Y este tejado está en buen estado.

Se acerca y recorre este último con ojo experto.

—La pizarra está desgastada, pero si retiran el musgo con regularidad, aún aguantará cuatro o cinco años. Cuidado, algunas piezas están movidas. Corren el riesgo de que haya infiltraciones y, si eso sucede, la estructura se verá afectada. Deberían ocuparse de eso antes del invierno.

—Gracias por el consejo —digo, algo abatido por este problema imprevisto—. Tiene pinta de saber de qué habla.

—Más me vale, ¡es mi trabajo!

—Ah, ¿es usted carpintero?

—Sí, carpintero y techador.

—¡Papá! ¡Mira, estoy aquí!

Erwan levanta enseguida la cabeza hacia lo alto del haya. Observo su reacción con inquietud. Su carcajada me tranquiliza al instante.

—¿O sea, pulguita, que te gusta estar colgada en el cielo, como a tu padre?

Por fuerza, con la profesión que ejerce su padre... ¡De tal palo tal astilla! No tiene vértigo. Ha tenido un buen maestro... De repente, una idea me sacude las neuronas: «Tal vez... No, si se lo pido, voy a ponerlo en un compromiso... Deja de pensar por él. ¡Venga, lánzate!».

—Erwan, siento molestarle con una petición tan pragmática, pero... estoy buscando trabajo, preferiblemente en la construcción. ¿No necesitaría usted ayuda en este momento?

Me mira sin decir nada, un poco sorprendido por la pregunta.

—Bueno... —responde tras reflexionar un rato—, es posible. Tengo una obra, el tejado de una pequeña casa solariega, propiedad de una pareja de jubilados ingleses, que hay que rehacer antes de Navidad. Pero usted... Te tuteo, ¿vale? ¿Sabes algo de construcción?

—No mucho, pero querría aprender para ponerme con las reformas de aquí. Además, necesito trabajar. Puedes confiar en mí, me entregaré a fondo si me das la oportunidad.

—Déjame pensarlo, ¿vale? Te doy una respuesta rápido —me promete cuando su hija, con los pies de nuevo en el suelo, le salta a los brazos y lo cubre de besos—. ¿Has pasado un buen día, Émeline?

—¡Genial! ¡Me lo he pasado muy bien! Gabriel y Noé son muy majos. ¡Hemos instalado un nidal que ha construido Noé! Ahí arriba, en el árbol, ¿lo ves?

—¡Ah, sí! Bravo, pulguita. Está muy bien.

—Vuelve cuando quieras, Émeline —le digo, y le doy un beso.

El guiño que acompaña la sonrisa de Erwan intensifica su apretón de manos, viril y caluroso, y disipa la sensación de haberme mostrado demasiado oportunista.

—Vamos, pulguita, que nos está esperando tu madre.

—Si te parece bien, no os acompaño hasta el portal de zarzas. ¿Podrás volver a cerrarlo al salir?

—Tranquilo —me dice él, desde el sendero, con su hija—. Te informo rápido de lo del trabajo, Gabriel, *kenavo!*

25

Al cabo de unos segundos, vuelvo a llamar a la puerta, más fuerte esta vez. Permanezco atento al menor ruido, pero no percibo ningún movimiento en la gran casa. Me invade la frustración. ¡Me habría gustado tanto darle la gran noticia! Esta mañana, al dejar a Aziliz en la escuela, me he cruzado con Erwan y me ha anunciado que me cogía por tres meses para que le ayudase en la obra. ¡Me siento mucho más ligero! Pero ¿dónde está Efflam? No habrá salido tan pronto, ¿no? Al cabo de unos instantes de vacilación, decido caminar por debajo del alero que da a la parte de atrás de la casa. Cruzo el huerto, recubierto de paja y hojas muertas para proteger del frío a los microorganismos que pululan por el suelo en previsión del invierno, y llego al bosque. Los árboles, enormes, están muy separados unos de otros. A mi derecha veo un megalito natural impresionante, a los pies del cual serpentea un riachuelo. El bosque se vuelve enseguida más denso. Tengo la sensación de que todo está vivo, como la primera vez que atravesé el bosque que lleva a nuestra cabaña. Me siento conectado con la tierra, con los árboles que me rodean, con el aire, incluso. Esta sensación de fusión con el todo es extrañamente agradable, como si mis límites se hiciesen borrosos. De pronto me embarga la aprensión. Me da miedo perderme, olvidar quién soy. Me libero de la angustia y doy media vuelta.

Estoy casi a mitad de camino cuando mi instinto me empuja a doblar a la izquierda. Me dejo llevar y atravieso con dificultad una serie de bosquecillos frondosos, cuando de pronto lo veo. Me quedo congelado ante la escena: ahí está Efflam, con la mano apoyada... en la frente de un ciervo. Tras largos instantes, el animal baja la cabeza en una especie de saludo y regresa a las profundidades silvestres cojeando ligeramente. Me he quedado mudo. Me dispongo a marcharme discretamente cuando el viejo druida me suelta sin volverse:

—Hola, Gabriel.

—Yo... lo siento, Efflam. No pretendía molestarte. No estabas en casa, y quería...

—Está bien, no hay ningún problema, muchacho.

—¿Estabas... estabas hablando al ciervo?

—Sí. Tenía la pata herida. He hecho lo que he podido, luego le he dicho que él y los suyos eran bienvenidos en mis tierras durante la temporada de caza, que podían refugiarse en ella.

—¿Es magia?

Se encoge de hombros.

—Ya te lo dije, todo vive, todo se comunica. Lo hemos olvidado, pero los celtas lo sabían bien. Un día, si quieres, cuando hayas acabado tu propio proceso de curación, te lo enseñaré.

Se une a mí y apoya la mano en mi hombro.

—Ven, volvamos a casa.

Recorremos el camino en silencio. Estoy desconcertado por mi descubrimiento: Efflam habla con los animales, lo cual es totalmente... asombroso. De repente oigo de nuevo las palabras de Clara en el sueño que tuve: «Sabrás que es él porque habla con las estrellas y los animales».

¿Es Efflam el segundo ayudante que mencionó mi hermana? ¿Cómo dudar aún de la autenticidad de ese sueño después de haber presenciado ese milagro? Las consecuencias del hallazgo me producen una intensa agitación emocional. Cuando llegamos decido declinar el ritual de la infusión que me propone el druida.

—Efflam... yo... necesito estar un rato solo, creo.

Asiente, mirándome, y sus grandes ojos grises rebosan de bondad.

—Ah, está bien, muchacho. Sabia decisión...

Caminar en la naturaleza me ayuda a poner orden en mi tumulto interior. Todavía no he recorrido nuestra propiedad. La superficie es impresionante, y me doy cuenta de que me lleva media hora larga a pie. En el recodo de un bosquecillo, aparece un fresno retorcido, iluminado por el primer rayo de sol de este lúgubre día. Parece que abra sus ramas para abrazarme. Me abandono a esta extraña intuición y rodeo el árbol con los brazos, estrechando el tronco contra mí. Al instante me siento lleno de una energía nueva. Su contacto amoroso me ayuda a aceptar las emociones que se arremolinan en mi interior. Unos minutos después, deshago el abrazo con suavidad y doy las gracias con todo mi ser a mi amigo árbol por este intercambio regenerador.

Regreso a casa con el corazón jubiloso. Esta mañana me he despertado en un estado de incertidumbre profunda en cuanto a nuestro futuro. Unas horas más tarde, tengo trabajo, con la promesa de tener ingresos que eso supone, y sobre todo descubro que Efflam es el ayudante que me envió mi hermana, el hombre que habla con los animales y las estrellas (su lado astrofísico). Siento una profunda gratitud hacia mi hermana Clara. Presente en una dimensión que se me escapa, pero aun así bien presente. ¿Cómo, si no, podría haberme advertido en sueños después de su muerte? Este descubrimiento sana mis heridas, disipa mis dudas. Me siento vivo al fin. Gracias, hermana mayor. Gracias por haberme guiado hasta aquí.

Sentado en el megalito que domina la vieja haya, introduzco el código de desbloqueo de mi móvil tras ponerme los auriculares. Se me hace un nudo en el estómago. Pensaba que estaba listo para escuchar el mensaje de mi hermana, pero ahora ya no estoy tan seguro. La pantalla se ilumina. Llamo al contestador con la mano temblorosa.

«Tiene un mensaje nuevo…» La voz de Clara resuena sin avisar en los auriculares. «¡Hola, hermanito! Feliz…».

Cuelgo de inmediato, el latido del corazón llega hasta mis oídos. No puedo… Aún no estoy listo. Me levanto y decido regresar a casa de Efflam.

26

Sentado en el sillón de costumbre, bajo los manojos de plantas medicinales que cuelgan de la viga central, el druida cierra los ojos para recordar mejor su visión.

«—*Vino a verme este verano mientras echaba la siesta aquí mismo, en el sillón... Una mujer joven, muy guapa, con el cabello dorado y una sonrisa angelical. No se encontraba muy lejos de donde estás sentado tú ahora, justo delante de mí. Me observó durante largo rato, luego asintió en señal de aprobación. Le pregunté si podía hacer algo por ella.*

»—*Gracias —me respondió.*

»—*¿Gracias por qué?*

»—*Por lo que vas a hacer por él.*

»—*¿Por quién? ¿Y qué tengo que hacer?*

»—*Solo sé lo que eres.*

Entonces me rozó la frente con la punta de los dedos, como si me bendijera, y se adentró de nuevo en la luz. Unas semanas más tarde, cuando te vi llegar por primera vez, enseguida supe que eras aquel de quien me había hablado. Era una evidencia que no requería explicación. Te pareces a ella, los dos tenéis los mismos ojos verdes con largas pestañas y la misma boca. Pero la suya era más sonriente.

—Entonces, Clara vino a verte en sueños también a ti... Es increíble...

Lo que acaba de confiarme Efflam me impacta sobremanera. Las lágrimas me nublan la vista y me cuesta distinguir la silueta del viejo druida, que parece que ondule en el sillón. Al llegar a casa de Efflam, unos minutos antes, le he informado de mi nuevo trabajo como techador, pero sobre todo he venido para hablarle del sueño que tuve en el que se me aparecía mi hermana, para que me lo aclare un poco. En lo que se refiere a la aclaración, ya tenía todo lo que necesitaba, y no tenía derecho a cuestionarme la veracidad de las visitas oníricas de mi difunta hermana...

—¿Sabes?, en el sueño, cuando Clara vino a verme, le hice una promesa...

Me interrumpo, inmerso en la emoción que me atenaza la garganta. El druida me mira con benevolencia y espera a que continúe.

—Una promesa que no he podido cumplir...

—¿Cuál era esa promesa? —me pregunta en voz muy baja.

—Le prometí que sería feliz... Pero no lo consigo. Nunca seré feliz. No sé cómo hacerlo... Pensaba que dejando mi trabajo, mi apartamento en París, todo cambiaría... que llegaría a serlo, pero la verdad es que sigo sintiendo esta tristeza infinita en el fondo de mi ser.

—¿Tienes la impresión de que desde entonces no ha cambiado nada en ti?

—¡Ah, sí! Mi vida actual me gusta mucho más... Pero tengo miedo constantemente. Miedo a que todo desaparezca, la casa del árbol, las cenas bajo las estrellas... y Aziliz también. Me aterra la idea de que el juez tutelar me la quite porque no tengo trabajo...

—Al llegar me has dicho que habías encontrado empleo...

—Solo para unos meses...

—Entonces, ¿qué piensas hacer?

—¡Si tuviese la menor idea! —le digo, inquieto de pronto, colocando la cabeza entre las manos.

Me quedo unos instantes encorvado en mi asiento, hasta que me calmo y me recompongo.

—En el sueño, Clara me dijo que el hombre que hablaba con las estrellas y los animales me guiaría. Ahora sé que ese hombre eres tú, Efflam. Necesito tu ayuda para cumplir mi promesa... Si estás de acuerdo, claro.

Efflam se acaricia la barba tanto tiempo antes de responder que empiezo a preguntarme por el significado de su silencio.

—Claro que voy a ayudarte, muchacho. Aunque tengo que avisarte de algo: mi verdad no es la tuya, y no lo será nunca. Tu camino no es el mío, ni el de nadie más. Tu vida es única, y solo tú tienes el poder de elegir cómo ser feliz y qué hacer para conseguirlo... La voz de tu corazón es la única que puede guiarte de manera inequívoca. A pesar de todo, hay momentos en la vida en los que uno se siente perdido ante las adversidades, demasiado desconectado de sí mismo para entrever las soluciones. Todos necesitamos ayuda de vez en cuando, es normal. La solidaridad es básica en el funcionamiento de la naturaleza. Solo hay que tener en mente que lo que buscamos no es la verdad absoluta, sino el camino que conduce a uno mismo. Al gran uno mismo. La voz interior siempre debe prevalecer. Buda lo expresaba así: «No creas nada de lo que leas o te digan, incluso si soy yo quien te lo dice, a menos que hable a tu corazón».

Asiento, bastante tranquilizado por sus palabras, antes de ir al grano.

—¿Por qué sigo siendo tan desgraciado después de todo lo que he hecho para cambiar últimamente?

—Un antiguo proverbio celta dice que aquel cuyo jardín está desolado no encuentra más que otros jardines desolados, vaya a donde vaya.

—Entonces ¿crees que mi jardín está desolado?

—Creo que la verdadera sabiduría de este proverbio está oculta. Si contemplo tu jardín, lo encuentro magnífico, porque tal es su naturaleza, no podría ser de otra forma. Para mí, todos los jardines son perfectos. La desolación, al igual que la perfección, no está en el jardín mismo, sino en el ojo de quien lo mira. Tu vida ya es perfecta, es tu percepción de la misma lo que es erróneo.

—¿Perfecta? ¡¿Mi vida?! ¿Crees que vernos desalojados de un día para el otro es subjetivo? ¿Que el juez que podría quitarme la tutela de Aziliz es subjetivo? E incluso si, por arte de magia, se resolviesen estos problemas, ¿cómo ser feliz cuando los humanos esquilman el planeta y lo contaminan? La tierra es su jardín, ¡y han hecho de él una fosa común! Quien se niegue a verlo se engaña para dormir tranquilo.

—Si he entendido bien lo que dices, ¿crees que la única manera de esperar la felicidad es ignorar los problemas que nos abruman? ¿Ser de algún modo ingenuo o indiferente a las desgracias que nos rodean?

—¿Cómo podríamos ser felices cuando sabemos de la increíble tragedia ecológica y humana que se desarrolla en este momento?

—Y si te dijera que me siento feliz, fundamentalmente, en cada fibra de mi ser, ¿eso significaría para ti que soy totalmente inconsciente de estos dramas?

—No, bueno… No sé… Pero no es el caso, no entiendo cómo lo haces para ser feliz ante el estado de miseria de nuestro jardín planetario…

—La clave está ahí mismo: entender —me responde el druida hundiéndose en su sillón—. Verás, estamos condicionados por nuestras creencias. Ellas crean nuestro prisma de percepción de la realidad, la manera en que la interpretamos. Para ti, la humanidad es mala por naturaleza, ¿me equivoco?

Me tomo el tiempo de reflexionar sobre su pregunta.

—No del todo —digo finalmente—. Es débil y egoísta. No es tanto que sea mala de manera intrínseca como que no piensa más que en sus propios intereses, a riesgo de destruirlo todo en su anhelo de poseer.

—¿La odias, entonces?

—Cómo no iba a hacerlo, con todas las desgracias que causa…

—¡Yo lo consigo! Esa creencia es, en mi humilde opinión, uno de los motivos principales de tu sufrimiento.

Según tú, los humanos son nefastos, así que los odias. Por extensión, haces lo mismo contigo mismo. ¿Por qué ibas a valer más que ellos? Tu ideología te empuja a luchar contra tu naturaleza mezquina, pero, en el fondo de tu ser, sabes perfectamente que no eres mejor que ellos.

El tono sereno con el que me lo dice surte el efecto de un jarro de agua fría. Me doy cuenta de que tiene razón. ¿Qué he hecho yo para salvar nuestro mundo? ¿Comprar algunas hortalizas bio? ¿Leds? ¿Qué más? Poca cosa.

—Tienes razón —digo con la voz quebrada—. No valgo mucho más que ellos.

—Hum... ¿Cómo podrías hallar la forma de ser feliz algún día si mantienes semejante imagen de ti y de tus congéneres? Sinceramente, es del todo imposible.

Su conclusión resulta tan hiriente como irrefutable. En cierto sentido, es un alivio, me libera de esta búsqueda vana y desesperada: la felicidad es inaccesible, así es. No me queda más que encontrar el modo de vivir con esta idea.

—Entonces no hay solución...

—Sí, es muy simple: es necesario cambiar tu creencia.

—¿Mi creencia?

—Todo lo que vives es fruto de creencias. No hay verdad nunca. Una vez que reconocemos esta imposibilidad de conocer la verdad absoluta, no queda más que una pregunta: ¿tus creencias te sirven o te perjudican? ¿Eres más feliz detestando a la especie humana y, de paso, a ti mismo? ¿El mundo es un lugar más hermoso gracias a tu odio? ¿Se conserva más la naturaleza?

—Vale… Pero ¡lo que se cree no se decide!

—¿Ah, sí? ¿Es que nunca has cambiado de opinión? ¡Serías el primero que conozco! Nuestras creencias se modifican sin cesar, y tú tienes el poder de influir en la dirección que toman.

—¿Cómo?

—Conectando con tu corazón, con tu visión más hermosa, Gabriel. Decidiendo ver la belleza en cada humano, en cada cosa. Céntrate en eso, y verás cómo cambia tu visión del mundo. Me has pedido ayuda para cumplir tu promesa, y este es mi primer consejo: observa cada creencia que tienes, sobre la vida, el amor, el dinero o la muerte, por ejemplo, y pregúntate: «¿Esta creencia me hace feliz?». Si no es el caso, cambia de inmediato de creencia, muchacho.

Entonces se levanta.

—Ahora, creo que debo ocuparme del huerto, si me permites —me dice con una amplia sonrisa—. Para mí es una de las mejores maneras de alimentar la felicidad.

Kernaël, 2 de octubre

Lo mental es una telaraña. En el momento en que tiro de un hilo para observar una creencia concreta, le sigue una multitud de conexiones que me anegan de información. Mis últimos pensamientos han derivado hacia la bella desconocida. He intentado comprender por qué tenía miedo de abordarla, ¿qué creencias me retenían? Siempre me han dado miedo las mujeres. Tengo miedo de que me rechacen si me entrego, lo cual sería lógico, porque creo que no soy digno de su amor. Es más, me da miedo que digan que sí, porque entonces correría el riesgo de ser feliz. Y si soy feliz, si me aman, tengo algo que perder. Y si pierdo ese amor, sufro. Corro un peligro de muerte, incluso. Observo que puedo vivir sin amor porque aún tengo la esperanza de encontrarlo algún día, pero no puedo contemplar perderlo si lo vivo. Como resultado, saboteo todas mis oportunidades con el fin de protegerme de un destino trágico.

Cierro el cuaderno, aún pensativo. Aziliz ya lleva la cartera a la espalda. Es la hora de acompañarla a la escuela e ir a trabajar.

Estaciono el Ávalon en el aparcamiento y bajo de la furgoneta llevándome las manos a los riñones. Tras cargar pizarra durante todo el día, tengo la espalda hecha papilla. El trabajo con Erwan va bien, pero es extenuante. Hemos tardado una semana en despojar el tejado de la casa solariega de la cubierta de piedra agrietada. He negociado con él la posibilidad de recuperar la pizarra que no estaba demasiado dañada para nuestras obras futuras. La he cargado en el Ávalon, cuyo estribo está tan peligrosamente cerca del suelo que amenaza con hundirse. Estoy demasiado agotado para descargarlo todo esta noche. Le preguntaré a Noé si puede encargarse él.

La noche ya ha caído por completo. Por primera vez en días, el cielo está límpido. La Vía Láctea se muestra en todo su esplendor. ¿Existe algo más hermoso que esta bóveda repleta de estrellas? Me quedo aquí, sin apartar los ojos del cielo, absorto por completo en esta contemplación. El contacto del frío suelo me abrasa los pies, pero, aunque tengo ganas de sacar mis viejos zapatos, he aprendido a superar esta primera sensación para conectar con la fuerza que me ofrece esta unión sin trabas con la tierra, que me colma de una energía revitalizante. Con la cabeza en las estrellas, y los pies enraizados, me siento prodigiosamente bien. En este estado de gracia y de apertura, mi papel como humano cobra todo el sentido, evidente, magnífico. Cojo mi cuaderno de inmediato para registrar esta revelación:

Tal vez el mundo sería más hermoso sin los humanos, pero ¿quién estaría ahí para contemplar sus maravillas? Ese es nuestro papel: ser conscientes de la belleza de la creación. Si desapareciésemos, en cierto modo todo esto no serviría de nada. Esta evidencia me revela el sentido de nuestra existencia. ¡Tenemos nuestro papel! Nuestra desaparición no es, pues, la solución correcta, contrariamente a lo que creía; no, el hombre tiene que aprender a vivir en armonía con los demás reinos vivos. Ese es el camino que debo seguir. Pero, como dice Efflam, ¿cómo amar al prójimo cuando uno no se ama a sí mismo? ¿Cómo cuidar de la vida cuando no se respeta la propia? No puedo ayudar a aquellos a los que desprecio, así que he aquí mi promesa, hermana mayor: voy a aprender a amar a mis congéneres.

Vuelvo adentro y apago la luz del móvil. Las alas del sueño me envuelven casi de inmediato mientras oigo vagamente a la lechuza que ulula en la gran haya que protege nuestra pequeña casa.

27

A la salida de la escuela, Aziliz no puede creérselo. Lo mira boquiabierta con los ojos como platos, luego se precipita a sus brazos.

—¡Noé! ¡Has venido a recogerme!

Noé la abraza con la torpeza de un oso que coge una flor. Está incómodo, sin duda, pero se controla. Ya hace dos semanas que lo llevo conmigo cada vez que voy de compras, para que se acostumbre. Me acompaña hasta la entrada de la tienda y luego vuelve a la furgoneta. Es la primera vez que se atreve a pasar tanto rato fuera. Guarda las distancias con los demás padres de alumnos, por supuesto, y se mantiene a dos pasos del Ávalon, pero ahí está.

—Ya conoces a Émeline, pero tengo que presentarte a Maïwen, ¡mi otra superamiga! —le dice Aziliz, que ya se está volviendo hacia los niños que continúan saliendo de la escuela.

La retengo por la capucha. Mi primo está sudando, ya basta por hoy.

—Otro día, ángel mío...

Mi mirada de reojo a Noé le basta para comprenderlo.

Asiente y se dirige enseguida hacia la furgoneta, con la manita en el enorme puño.

La presencia del 4×4 del agente inmobiliario en nuestro aparcamiento pone mis sentidos en alerta al instante. Salgo, febril, y busco a Le Gall con la mirada, en vano. De pronto me da un vuelco el corazón: el portal de zarzas está abierto de par en par. Se me corta la respiración. No he dado ni tres pasos cuando aparece la silueta de Le Gall, que sube por el sendero. Avanza hacia mí con la gran sonrisa azucarada que me parece que mantiene en todas las circunstancias.

—Aaah, señor Toussaint. ¡No me dijo nada de la casa de ahí abajo!

Sus palabras tienen un dejo de reproche burlón. Ha intuido que quería engañarlo. Estrecho la mano que me tiende de forma mecánica, incapaz de responder.

—Por suerte, la he encontrado en los planos del catastro. ¡Es tan bucólica esa casita, amigo! Va a dar un buen empujón a la venta, ¿no cree?

—Si usted lo dice...

—Me he permitido sacar algunas fotos para agregarlas al anuncio. Bueno, no es la mejor estación para hacerlas, pero servirán...

Echo una ojeada en dirección al aparcamiento. Aziliz se ha quedado en la furgoneta. No veo a Noé a su lado, debe de estar escondido detrás.

—¿A quién se le ocurre no mencionar enseguida esa casita, señor Toussaint? La finca ya se habría vendido... Bueno, tengo que dejarle, modificaré el anuncio en cuanto llegue a la agencia. Confíe en mí… ¡Hasta muy pronto, señor Toussaint!

Mientras el 4×4 se aleja sin evitar los baches de la carretera, me quedo de pie con aire tranquilo, pero por dentro estoy hundido. Han descubierto nuestro paraíso. Regreso al Ávalon. Aziliz está fuera y ha cogido de la mano a Noé para hacerlo salir del vehículo. Me miran sin pronunciar palabra. Lo han entendido todo.

El ruido infernal me impide concentrarme en lo que escribo. Cierro el cuaderno, posponiendo la exploración de mis incontables bloqueos mentales. De todos modos, desde que Le Gall ha descubierto nuestro dominio secreto, ya no estoy de humor para la introspección. Me siento desolado. Y el estado en el que se halla nuestra casa no ayuda a que me suba la moral.

La mesa está repleta de herramientas de todo tipo, y el suelo, recubierto de serrín y restos de madera. Con una concentración extrema, casi de meditación, Noé corta, con la ayuda de una sierra vertical, un gran tablón para su nuevo gran proyecto, suyo y de Aziliz: construir colmenas. Es la conjunción de sus sueños, ser apicultora en el caso de Aziliz y cuidar de los animales en el de Noé. A decir verdad, su entusiasmo sería casi contagioso si no invadiese la casa de polvo y ruido. La lluvia y el frío les impiden trabajar fuera, y me han prometido que lo volverán a poner todo en orden antes de que caiga la noche. No puedo más con este jaleo. Me pongo un segundo jersey y el abrigo y huyo del tajo.

El viento gélido me cala y aplaca en un instante el borboteo de mis neuronas. Dejo que mis pasos me lleven al azar, a través de las landas y los campos desnudos. Los pies se me hunden en la arcilla helada, y tengo el bajo de los pantalones empapado y manchado de barro. Cuando llegaron los fríos intensos, falté a mi compromiso de no volver a llevar nunca zapatos. ¿Por qué imponer a mis pies otra tortura? Más allá de lo que simboliza, intuyo que ese contacto directo con la tierra tiene un papel clave en mi transmutación interior. Me ayuda a mantener un vínculo permanente con la naturaleza, y he constatado que, cuando me conecto con ella, me conecto automáticamente conmigo mismo, y viceversa. El interior y el exterior están entrelazados de forma irremediable en una unión íntima cuyo origen profundo aún no comprendo plenamente. Quizá sea la prueba de que todo es uno, como profesa Efflam. En cualquier caso, uno de los resultados más sorprendentes de este fenómeno es que el frío solo me congela los pies cuando estoy desconectado, lo que de paso me ofrece un precioso indicio de mi propio estado de ánimo. De momento, me veo obligado a constatar que tengo los dedos de los pies congelados...

Estoy intentando concentrarme en mi respiración cuando siento vibración del teléfono en mi bolsillo. Echo un vistazo al número desconocido que aparece en pantalla. Descuelgo.

—¿Señor Gabriel Toussaint?

Enseguida reconozco la voz de tono algo seco.

—Soy Sandrine Martin, del servicio de tutelas. Le llamo porque acabo de enterarme por su antiguo empleador de que usted se despidió del trabajo hace más de tres meses.

Me han descubierto... De pronto es como si mis pies se hundieran un poco más en el barro. Con un esfuerzo sobrehumano, pongo fin a la tetania. Mostrarse natural, hacer como si todo estuviese perfectamente controlado. Ganar tiempo...

—Sí, exacto. Estoy en fase de reconversión profesional —digo yo con un algo parecido a una sonrisa en la voz.

—¿Reconversión profesional? Pero ¿no sabe usted que su derecho de custodia está en proceso de evaluación y que está obligado a informarme de cualquier cambio en su situación?

—Lo siento, no era consciente de ello. No volverá a ocurrir, se lo aseguro.

—De acuerdo. Muy bien... En cualquier caso, debemos reactualizar su informe lo más rápido posible. De todos modos, tengo que ir a su casa para verificar las condiciones en que vive la pequeña Aziliz. Deme un momento para consultar mi agenda... Podría pasarme, por ejemplo... veamos... ¿el próximo jueves a las 14.30? ¿Le parece bien?

—Tengo que hablar con mi nuevo jefe, pero seguramente podré.

—¿Sigue en la misma dirección?

—Eh... no exactamente. Ahora vivo en Bretaña, en las Costas de Armor.

Oigo con claridad el ruido que hace al tragar saliva al otro lado de la línea.

—¿Disculpe?

—En Bretaña, en Loc-Envel, para ser más precisos.

—Comprendo —acaba diciendo tras un largo silencio—. Bueno, todo esto va a complicar mi labor. Sea como fuere, debo verificar que la vivienda se adapta a las necesidades de la niña, así que tendré que desplazarme. Espere, que miro mi agenda…

Se me ha parado el corazón.

—¿Señor Toussaint?

—Sí, la escucho…

—Por desgracia no tengo un día entero libre hasta el viernes 12 de noviembre. Falta bastante, algo más de tres semanas, pero no me será posible desplazarme antes…

—Me las arreglaré.

—Bien, se lo confirmaré todo por correo electrónico, y le mandaré también la lista de documentos para que los pueda ir preparando. Adiós, señor Toussaint.

—Buenos días, señora Martin.

En cuanto cuelga, se me cae el teléfono de las manos. Mis peores pesadillas se hacen realidad. Un trabajo en negro. Una cabaña en las profundidades del bosque, sin agua ni calefacción y en venta por debajo del precio de mercado, que tendremos que dejar pronto y nos encontraremos en la calle, sin nada salvo nuestros ojos para llorar. Me abate una desesperación infinita y me dejo caer de rodillas en el barro helado.

28

—Algún día tenía que pasar… De todos modos, siempre es así, la vida no nos regala nada.

—Vaya, esa es una creencia interesante —me suelta él, divertido.

Me dispongo a replicar, pero me contengo… Intento entonces poner en práctica lo que mi amigo druida, sentado de nuevo delante de mí en su gran sillón, me ha enseñado: permanecer en la creación y no en la reacción. Detener el mecanismo cerebral defensivo que se activa de manera automática y tomarme el tiempo de sentir y observar mi emoción. Interrumpo enseguida mi programa por defecto y él me ofrece la posibilidad de sustituirlo por otro: ¿la creencia «la vida no nos regala nada» me sirve para ser feliz o no? La respuesta se impone sola.

—Tienes razón, Efflam… Voy a intentar cambiar mi punto de vista al respecto… Eso no impide que mi situación difícilmente podría ser más catastrófica.

—Hum… ¿Ya has oído hablar de la ley de la atracción? —me pregunta.

—Eh… vagamente. Es como el pensamiento positivo, ¿no?

—Con frecuencia se entiende así, pero eso no es más que un aspecto de un concepto mucho más profundo. Deja que repase sus fundamentos, podría aportar una nueva aclaración a tu situación. Formas parte del universo. Literalmente, solo eres uno con él, lo que también significa que este solo es uno contigo. ¡Esta unidad de todo lo que existe es la respuesta a tantos misterios! Es la clave de la armonía entre los hombres. Por eso el simple hecho de conectarse con la naturaleza constituye un medio de sanación tan poderoso, porque la naturaleza es tu naturaleza profunda.

Todo mi ser vibra ante lo acertado de sus palabras. Cada vez que me tomo el tiempo de adentrarme en el bosque, tengo la impresión de fusionarme en un todo sin fin, pese a tener paradójicamente la sensación de ser más yo mismo que nunca.

—En tu extensión máxima, eres, pues, todo lo que es —continúa—. Ahora bien, si eres todo lo que es y tus medios son infinitos, ¿por qué negarte nada?

—¿Quieres decir que puedo recibir todo lo que pido cobrando consciencia de ser todo? Como si, de alguna manera, recibiese todo lo que me permito darme.

—Tú lo has dicho…

—Pero entonces, ¿por qué recibo tantas catástrofes en mi vida? No las he deseado.

—Todo lo que te ocurre lo has pedido tú. El universo es una máquina increíblemente compleja, y una de sus principales funciones es responder a todas tus peticiones. Comprender este mecanismo lo cambia todo, porque entonces puedes utilizar esta ley de manera consciente. Tu alma utiliza la ley, pero tu mente también. Por el momento, lo hace de manera inconsciente, lo que deja gran parte del poder a tus miedos: «El agente va a vender nuestra casa», «Me van a quitar Aziliz». Estas frases no son anodinas, son peticiones al universo. Así funciona la ley.

—Admitamos que quiero utilizar esta ley de la atracción de manera más eficaz, ¿qué debo hacer concretamente?

—Cambia la polarización de tus pensamientos, cambia tu punto de vista. Imagina un futuro en el que tienes la custodia de Aziliz, créelo de verdad. Al creerlo, lo creas. Agradece al universo la creación de ese futuro. La gratitud te dispone en armonía con la vida y te sitúa en un estado de creación óptimo. Está correlacionada con el resultado. Tenemos la costumbre de dar las gracias por los resultados obtenidos, pero esto funciona en los dos sentidos: al dar las gracias, obtenemos los resultados. Y, sobre todo, no te quedes en la fase del pensamiento. Pasa a la acción. ¡Actúa!

—Absolutamente nada en mi vida me demuestra que eso que dices funciona.

Cuando pienso en la forma en la que encontramos nuestra casa, me doy cuenta de que no es del todo cierto. Decido no mencionar esta reflexión cuando Efflam me responde.

—¿Absolutamente nada? ¿Estás seguro?

—... ¿Crees de verdad que funciona?

Efflam estalla en risas.

—¡Prueba! Ya verás... ¿Qué tienes que perder? Hablando de eso, muchacho, tengo que ir a recoger al huerto los ingredientes para la sopa de esta noche...

Dudo un instante. No sé cómo anunciárselo. Al volver de casa de Efflam, al anochecer, me he pasado media hora larga con los pies en la tierra, intentando conectar con mi naturaleza profunda con el fin de prepararme para anunciarles la noticia. Al empujar la puerta enseguida han visto, por la cara que traía, que algo no iba bien. Sin ponerse previamente de acuerdo, Noé y Aziliz se han sentado en el sofá. Sin moverse, sumidos en un silencio perturbador, esperan a que les cuente qué me preocupa. Incluso Mélusine, sentada sobre las patas traseras, parece toda oídos. Negándome a ceder a la desesperación, me encaramo a la mesa y emprendo una arenga enérgica.

—Compañeros, esta es una hora crítica… Las fuerzas oscuras del imperio administrativo parisino han descubierto nuestra evasión. Envían a uno de los suyos para juzgar nuestra capacidad para acoger a la princesa Aziliz.

Los ojos de mi primo brillan al instante. Entra en el juego de inmediato.

—¡Bribones! ¿Qué podemos hacer nosotros, señor Galabriel?

—Sus fuerzas son demasiado numerosas, no tenemos más opción que ceder a sus condiciones, si no, nos arrebatarán a la princesa…

—¡No dejaremos que lo hagan! —estalla Noé, que envuelve a Aziliz con sus brazos en un gesto protector—. ¿No es así, sire Galabriel?

—¡Jamás! ¡La casa Kernaël no será destruida por los asaltos de la burocracia!

Tiendo los brazos hacia ellos. Se levantan y colocan de inmediato sus palmas sobre la mía.

—¡Hasta el final de nuestros sueños!

—¡Hasta el final de nuestros sueños! —contestan ellos a coro.

—En esta ocasión, la fuerza no nos será de ninguna ayuda —prosigo cuando la emoción se aplaca un poco—. Habremos de actuar con astucia para engañar al emisario enemigo.

—¿Qué debemos hacer? —pregunta la princesa con una vocecilla inquieta.

—Quieren comprobar que nuestra morada es adecuada para acogerte.

—¡Nuestra casa es perfecta! Yo la adoro —se rebela ella.

—Lo sé, pero es a la funcionaria a quien habrá que convencer.

—Entonces, ¿qué debemos hacer? —pregunta Noé.

—Debemos convencerla de que tenemos todas las comodidades modernas.

—Eso va a ser difícil —suelta Aziliz recorriendo el espacio con la mirada.

—¡Si vencemos sin riesgos, triunfamos sin gloria! No será fácil, y no espero nada menos que vuestro apoyo absoluto.

—¡Puedes contar con nosotros, señor Galabriel!

—Bueno, la funcionaria llega el 12 de noviembre. Noé, desde ahora tienes la misión de hacer acopio de una reserva enorme de leña... Ese día tendrá que hacer suficiente calor para que podamos pasearnos en camiseta. También despejarás a fondo el sendero que conduce hasta aquí, así como las zarzas de alrededor: es necesario que se lleve una buena primera impresión. ¿Cómo lo ves?

—¡Dalo por hecho!

—¿Y yo?

—Aziliz, habrá que dejar la casa como una patena. Ni una telaraña ni una mota de polvo…

—Es duro, para las arañas —remarca Noé.

—Es una situación de emergencia.

Noé sopesa rápidamente los pros y los contras antes de asentir.

—Y tú, Gab, ¿tú qué harás?

—Yo levantaré un tabique para añadir una habitación pequeña ahí —señalo el espacio que tengo a la espalda—, donde habrá una ducha y un váter. Si el enemigo descubre que utilizamos los aseos secos exteriores y que nos lavamos en una palangana, estamos muertos.

—¿Y cómo lo harás? Aquí no llega el agua corriente, ¿no? —pregunta la princesa.

—¡La magia de la ilusión! Lo importante es que ella crea que tenemos cuarto de baño. Será como un decorado de cine… La alcachofa de la ducha que fijaré a la pared no estará unida a nada. Hay pocas posibilidades de que abra los grifos.

—¡Bravo, Gab! ¡Funcionará, seguro!

Noé también está entregado a la tarea al cien por cien. Incluso me cuesta impedirle que vaya a recoger leña en plena noche.

Esta estrategia, por precaria que sea, aplaca mis temores. Nuestro plan de acción establece un objetivo y me ayuda a no pensar en las terribles consecuencias que nos aguardan si fracasamos. Me niego a barajar esa hipótesis e impido que mi mente continúe por esos derroteros, que pueden resultar fatales.

29

Esta mañana le he dicho a Efflam que cada vez descubría más rápido mis creencias limitantes. Ya advierto los beneficios de este trabajo en mi vida cotidiana. En lo que respecta a la ley de la atracción, está claro que me cuesta más. Cuando cede el entusiasmo generado por nuestro plan de acción para engañar a la ayudante del juez tutelar, la duda vuelve a echárseme encima con la fuerza de un piano lanzado desde una séptima planta. Además, la idea de que mis pensamientos creen mi realidad me aterra, porque tiendo a imaginar siempre lo peor. «Cuanto más importante es la prueba, más se interponen los miedos en las visiones del éxito», me ha dicho Efflam. Luego me ha animado a practicar con algo más fácil. Siguiendo su consejo, estoy buscando un objeto adecuado que me permita probar la ley de la atracción de manera más tranquila. La imagen de la bella desconocida se me aparece de inmediato. Sopeso los pros y los contras. Lo veo enseguida: esta relación me afecta profundamente, pese a que no es una fuente de ansiedad. La prueba ideal. Decido volver al claro donde está el gran roble que tanto me ayudó en mi primer ritual de conexión con la energía de la naturaleza.

Repetir este ejercicio con el árbol me resulta mucho más fácil desde que conecto de forma casi cotidiana con mi verdadera naturaleza. Cuando estoy bien anclado y centrado, anuncio en voz alta:

—Agradezco infinitamente al universo y a la vida el encuentro cercano con esa mujer joven.

Visualizo durante un momento prolongado el rostro y el cuerpo de mi bella desconocida.

—Gracias infinitas, universo —concluyo.

A continuación, regreso a nuestra cabaña, esperando encontrármela en cada curva del camino...

Aún no he traspasado el umbral de nuestra casita cuando Aziliz salta en mis brazos.

—¡Mi queridísimo Gabriel, al que tanto adoro! ¡Por fin has vuelto!

—Eh... No hace ni tres horas que me he ido... ¿Ha pasado algo espe...? ¡Ah, ya lo sé! Tienes algo que pedirme, ¿no?

Aziliz pone los ojos como platos con gesto inocente durante menos de un segundo.

—¡Hay una *superfest-noz* esta noche! ¡Actuará War-Sav!

—¿War-Sav?

—Es el grupo preferido de Maïwen. ¡Parece que son geniales! Ella irá, y Émeline también. Por favor, ¿podemos ir? Es en Paimpol...

—¡En Paimpol! ¡Oye, eso no está aquí al lado!

—¡Venga! Es por el día de Todos los Santos, de donde viene Toussaint. ¡Es para celebrar tu apellido!

—Aaah, bueno, si es para celebrar mi apellido... —digo dejando que crea que me ha convencido.

Cedo con facilidad a su petición, porque la *fest-noz* de Paimpol es quizá el inicio de una respuesta del universo, que organiza ya el encuentro con mi desconocida...

—Está bien, ángel mío, pero con una condición.

—Lo que tú quieras, mi queridísimo Gabriel.

—Necesito un repaso serio del *scottish*, del círculo circasiano y de todos los bailes de pareja que conozcas.

Con un grito de alegría, me coge de las manos y se vuelve hacia Noé, quien, detrás de la pantalla del ordenador, ha seguido los manejos de la princesa desde el principio.

—¿Maestro? ¿Nos pones la lista de reproducción «fest-noz», por favor?

Cruzo la enorme sala de fiestas de Paimpol conteniendo la respiración. Mi estado de tensión es tal que todo parece desarrollarse a cámara lenta a mi alrededor. Algo en mi cabeza me grita que es un error monumental, pero decido que, esta noche, ese miedo no tiene ni voz ni voto. Bajo la apariencia de prudencia, de buena educación o de mil excusas más, el miedo me ha alejado con demasiada frecuencia de los impulsos del corazón. Mi nuevo yo no se doblegará más ante esos dictados. No obstante, a medida que me acerco a ella, el temor se acrecienta, como en las pelis de miedo, y me impide continuar avanzando. Ella está aquí, a unos pasos, preciosa con un vestido azul oscuro. Todavía no me ve. El miedo me retiene unos segundos más, unos segundos de más... Un hombre la invita delante de mis narices. Ella acepta con un movimiento de la cabeza y coge la mano que le ofrece él, que se la lleva lejos dando vueltas. Ni siquiera me ha visto. A mi alrededor, las parejas giran al ritmo de una mazurca. Un golpecito en la espalda me saca de mi letargo. Me vuelvo.

—¿Me concedería este baile, señor?

Aziliz parece alborozada, pero advierto que lo ha observado todo y percibe mi turbación. Gracias, angelito, por estar junto a mí en este momento difícil. Con una sonrisa de agradecimiento, le cojo la manita y la saco a bailar. Los pasos son complicados. Siempre me ha costado hacerme con este maldito tiempo muerto.

—¡No lo haces tan mal, Gab! Bueno, tendremos que repasar algunas cosillas. Pero, ¿sabes?, la mazurca es el baile de pareja menos fácil. En el fondo, quizá no sea tan malo que no la hayas sacado a bailar ahora, ¡controlas los pasos del *scottish* diez veces mejor!

—Ah, ¿sí? ¿Crees que me las apaño con el *scottish*? —le digo cuando me agacho para pasar por debajo de su brazo.

—¡Pues claro! —me grita ella al oído, mientras vuelvo a meter la pata con este endemoniado tiempo muerto...

No necesito más que unos segundos al ritmo estimulante del *plinn* de War-Sav para entrar en trance. Experimento el mismo estado de conexión que la última vez. Habiendo abandonado mi objetivo, me siento liberado y me dejo arrastrar al corrillo. Aziliz me suelta de pronto para dejar entrar a alguien en el círculo de bailarines. En el momento en que su mano entra en contacto con la mía, una descarga eléctrica me recorre el cuerpo. Todo empieza a girar a cámara lenta. Primero veo a Aziliz, que, en segundo plano, me guiña el ojo con escasa discreción, luego el tejido azul oscuro, tan reconocible, de su vestido, que me roza. Aprieto con suavidad sus finos dedos, como si fuesen un tesoro. Noto su cuerpo caliente a mi lado. Me invade una emoción increíble. El momento queda en suspenso, perfecto. Y acto seguido vuelve el miedo. Espera a que acabe la pieza y mi caída del paraíso. Lo rechazo y me sumerjo aún más en el instante presente.

Ya no sé si la música ha durado una eternidad o apenas unos segundos. Ella me suelta con suavidad la mano para aplaudir a los músicos, luego se vuelve hacia mí sonriendo. Intento acordarme de lo que me ha dicho Aziliz sobre el *plinn*, una suite en tres tiempos. Es el segundo, el baile, el que se ejecuta en pareja, y empieza en este momento. Ella me tiende las manos, que cojo con alegría... Nuestras miradas se cruzan, se siguen, no se despegan. No puedo ocultarle mi estado de felicidad, y el miedo me dice que por fuerza debe percibirlo. Vagamos de esta forma en medio del cortejo de bailarines, hasta que el cambio de ritmo anuncia el principio del tercer tiempo, similar al primero. El corrillo se vuelve a formar. Algunas parejas se separan enseguida para bailar en medio del círculo una polca *plinn*, la variante del *plinn* que se baila en pareja. Me invaden las ganas de bailar en el centro. El miedo se activa con vehemencia en mi interior y se burla de mí: «Eso es, ¡ya que estás, da el espectáculo!». «¿Quieres ponerte en ridículo?». «¿Bailar así, delante de todo el mundo?». «¿Y quién te dice que ella aceptará?». «Te crees que...». Me armo de valor e interrumpo el pitido de mi miedo. Mi vida no le pertenece, soy yo quien debe encargarse de ella, crearla. Así que vuelvo la cabeza hacia mi desconocida. No necesito palabras para hacerme entender, basta con una mirada. Su sonrisa luminosa es la respuesta más bonita que podría esperar.

—Bueno, ¿cómo se llama?

—Enora.

—Enora... ¡Hacíais tan buena pareja bailando! ¡Se ha quedado contigo casi todo el rato!

Asiento ligeramente con la cabeza. La sonrisa tonta que me curva los labios no me ha abandonado desde que hemos salido de la sala.

—¿Y a qué se dedica?, ¿dónde vive? —sigue preguntando Aziliz.

Me encojo de hombros.

—¿No se lo has preguntado?

—No...

—¿Cuándo la volverás a ver?

Me encojo de hombros de nuevo.

—No lo sé... Se lo preguntaré al universo... —digo haciendo un guiño.

—¡Eres el mejor, Gab!

30

Han bastado dos semanas de lluvia intensa para desbaratar nuestros sueños y acabar con nuestras esperanzas. Las alfombras que cubren el suelo de tierra batida empezaron a humedecerse, luego se empaparon y, por capilaridad, ha comenzado a salir un barro oscuro a la superficie, que en este momento cubre el suelo. Las planchas de yeso que hacen de tabiques en el baño ficticio están empapadas, corroídas hasta media altura. La parte inferior está incluso un tanto desintegrada, con un agujero enorme al nivel del suelo, y eso por no hablar de las distintas filtraciones procedentes del tejado. Una de ellas gotea directamente sobre el sofá. Hemos hecho todo lo que hemos podido. Nos hemos esforzado muchísimo. Yo he intentado creer hasta el final, pero de nada habrá servido.

Contemplo el desastre con mirada inexpresiva, carente de toda emoción. Tengo la impresión de haber dejado toda mi savia en esta última batalla, y no me queda energía ni para la desesperación. Fuera, los elementos por fin se han calmado, reemplazados por un frío polar. La señora Martin viene dentro de dos días. Me he tomado el día libre para intentar salvar la situación, pero la realidad se impone. Imposible reparar los daños en tan poco tiempo.

Por un momento, contemplo la huida pura y simple. Vivir huyendo los tres en la furgoneta, alimentándonos de bayas salvajes y bebiendo agua de riachuelos. La idea me saca una leve sonrisa, pero soy demasiado consciente de la austeridad extrema que implicaría ese modo de vida en estado primitivo para planteármelo seriamente, por no hablar del estrés constante ante la posibilidad de ser descubierto. A mi lado, Noé se esfuerza en reavivar el fuego, en un intento de volver a calentar un poco la gélida casa antes de que Aziliz vuelva de la escuela. No hemos hablado de ello, pero él lo ha comprendido. Los dos han comprendido que la partida está jugada y perdida. Un vistazo a mi portátil me indica que es la hora de ir a recoger a Aziliz. Me pongo el abrigo y salgo de la cabaña inundada.

No son los crujidos de la madera lo que me ha despertado cuando Aziliz ha bajado la escalera, sino su violento ataque de tos. Las ascuas de la estufa iluminan débilmente su silueta. La oigo acercarse al sofá. El barro se adhiere a sus pies con ruido de ventosa.

—No puedo dormir —me dice con voz trémula—, hace mucho frío arriba…

Me incorporo suspirando. No sé cómo arreglar el problema. Podría dormir entre Noé y yo, pero las sábanas vuelven a estar húmedas, a pesar de que las hemos cambiado. Con las filtraciones, la tapicería del sofá está empapada, y a mí también empieza a dolerme la garganta.

Podría bajar su colchón y colocarlo cerca de la estufa, pero necesitaría una funda de plástico, si no, se impregnará rápido de agua fangosa. Su tos grasa me arranca de estas reflexiones técnicas. Con o sin funda, estas condiciones de vida no son aceptables para un ser humano, y aún menos para una niña. Exhalo de forma ruidosa para expulsar la ansiedad que me invade. Este infierno no puede durar más. Me levanto de un salto y, con energía, enciendo el interruptor. La repentina luminosidad hiere mi retina. Noé se vuelve hacia mí con un gruñido de oso, una ceja enarcada y los ojos entrecerrados.

—Vestíos y coged lo de más abrigo que tengáis. Nos vamos enseguida —les anuncio de forma firme y no negociable.

Compruebo que estén bien instalados antes de salir. Noé se ha desplomado boca abajo con la ropa puesta en la parte inferior de una pequeña cama nido, y Aziliz ya duerme con los puños cerrados en la de arriba. Gracias al cielo, ahora está caliente y seca bajo una manta gruesa con la que la he arropado hasta el mentón antes de volver a cerrar la puerta de esta habitación minúscula.

—Gracias —digo volviéndome hacia Efflam en el rellano—. Siento mucho la irrupción nocturna.

—Has hecho bien, muchacho, has hecho bien. Toma, una manta para ti, te he instalado el futón extra abajo, cerca del anexo. La organización es provisional, para esta noche, mañana os abro la construcción de delante del huerto. Tiene todas las comodidades necesarias, ya verás.

Yo la utilizaba en la época en que mi hija... Bueno, no voy a contarte mi vida, es tarde.

—De verdad que eres mi ángel de la guarda, Efflam. Clara no mentía.

La alusión le hace sonreír.

Tras un último *noz vat*, el viejo druida apaga la luz del salón. Apenas tengo tiempo de oír el crujido de sus pasos en la escalera cuando me sumo en un sueño profundo...

Lleva el mismo traje de sastre gris que la última vez. Observo con inquietud cómo la funcionaria de la oficina de tutelas consulta sus notas, a la espera de la menor expresión significativa en su rostro. Permanece imperturbable. Mi ansiedad está al máximo. Escondo las manos a mi espalda para que no advierta que me tiemblan. La señora Martin alza la vista por fin de los papeles que tiene delante: mis nóminas, el contrato de alquiler, el boletín de mi sobrina.

—Está bien, creo que hemos concluido la visita, señor Toussaint, creo que lo he comprobado todo. En vista de eso, el juez pronunciará su dictamen.

—¿Cree que será positivo?

Me mira por encima de las gafas con montura de media luna.

—Mire, no soy yo quien decide... Reconozco que su brusco cambio de vida no jugaba a su favor, pero constato que todo está perfectamente en orden. Su situación es sólida, y su sobrina goza de unas condiciones de vida completamente aceptables. Parece que siente un gran afecto por usted. Mi opinión ante el juez será, por lo tanto, favorable.

Se levanta de la mesa de la cocina, donde se había instalado.

—En la mayoría de los casos, el juez valida mi opinión, así que hay razones para el optimismo —me dice tendiéndome la mano.

Suspiro con discreción. Hace apenas un par de días, esta decisión me habría parecido totalmente imposible, pero la ayuda de Efflam y de Erwan ha conseguido que el curso de nuestro destino cambiara. Erwan aceptó firmar un contrato indefinido para demostrar que tenía unos ingresos estables y regulares. Yo, por mi parte, me comprometí a dimitir en el momento en que acabase la restauración del tejado de la casa solariega. Efflam nos abrió de buena fe el edificio anexo a su casa sin límite de tiempo, e incluso se ofreció para redactarme un contrato de alquiler, fechado antes del día en que me invitó a tomar una infusión. «Tienes un sitio aquí, en mi corazón, desde aquel día», me dijo al estampar sus iniciales en la parte inferior de las páginas del contrato.

En el patio del viejo druida veo arrancar el taxi de la señora Martin que la llevará a la estación. A pesar de la fina lluvia fría y las lágrimas calientes que se deslizan por mis mejillas, mi corazón rezuma júbilo.

31

Kernawen, 24 de enero

El invierno, especialmente inclemente, vuelve aún más arduas las obras de la cubierta. No obstante, disfruto del duro trabajo junto a Erwan. Él es fuerte y directo, y eso me gusta. La comodidad rústica del anexo me permite recuperarme de la saludable fatiga generada por estas jornadas de esfuerzo. Al final ha resultado que valía la pena. En cuanto a las finanzas, estoy de nuevo en números positivos e incluso he podido devolverle a mi madre la totalidad de la suma que nos prestó. Por otro lado, el hecho de tener a Efflam como vecino me permite avanzar rápido en todos mis asuntos, y cada día consigo recuperar algo más de poder sobre el curso de mi existencia y sobre los acontecimientos, dejando cada vez menos sitio al piloto automático del miedo, que ya no decide por mí.

Por su parte, mis compañeros de búsqueda se realizan plenamente. Aziliz es un verdadero rayo de sol desde que por fin soy su tutor legal, una noticia que celebramos como es debido. Este reconocimiento jurídico consolidó aún más nuestro vínculo, con toda la fuerza simbólica que representa para nuestra vida. Siento que el dolor vinculado al fallecimiento de sus padres se ha atenuado en su corazón, dejando sitio a la calidez del recuerdo y a la fuerza del amor eterno. Incluso dice que tiene suerte de percibir tanto su presencia en su corazón. En la escuela, va todo bien, aunque a veces no entienda el interés de algunas clases. ¿Por qué perder el tiempo engullendo las fechas de incontables guerras en lugar de aprender a criar abejas, por ejemplo, o iniciarse en la felicidad?

Noé se ha convertido en un profesional del bricolaje. Ayuda a nuestro casero en los trabajos cotidianos, lo que alivia mi sentimiento de deuda respecto a él. Por lo demás, se pasa el resto del tiempo perfeccionando los refugios para animales: hoteles para insectos, nidales para herrerillos... y colmenas, por supuesto, en espera de la primavera. Su progreso no pasa por las palabras, sino por los actos. El ocuparse de los demás, de los animales en particular, parece responder a una llamada profunda de su ser. Al cuidar de los seres vivos, cura las heridas de su alma, y nunca lo he visto tan feliz. Desde hace poco, nos acompaña los sábados por la mañana al pequeño mercado ecológico del pueblo de al lado, ¡toda una victoria! Confío en que pronto pueda llevarlo a bailar a alguna de las *fest-noz*, a las que voy casi todos los fines de semana. Según mi sobrina, me he convertido en un experto en el *scottish*.

Por desgracia, no he vuelto a cruzarme con Enora desde nuestra noche mágica... y el miedo me susurra que es una prueba más de que mi vida amorosa está abocada al fracaso. Eso no me impide esperar con impaciencia la *fest-noz* de mañana, para manifestar con Aziliz la simple alegría de estar ahí, vivos. Juntos.

En la cola, Aziliz da saltitos de impaciencia. He de decir que la alegre música que escapa de la sala también a mí me llama. Pago por fin las entradas, con la cabeza ya en la pista de baile. Me apresuro a quitarme el abrigo y el jersey, que deslizo sobre una silla, y ocupo un lugar en la ronda. La magia actúa de inmediato. Con los párpados cerrados, los pies afianzados en el suelo, el corazón en éxtasis, me dejo guiar, llevar, por la cadena de bailarines. ¡Qué bueno es estar vivo en este instante! Una sensación turbadora, indefinible, me embarga de pronto. Abro los ojos. Está aquí, justo al otro lado de la ronda. Enora... Nuestras miradas se encuentran y se funden la una en la otra. Sin pensarlo, suelto la mano de mis vecinos de ronda para dirigirme al lugar en el que bailan algunas parejas. Se reúne conmigo. La tomo de la mano y la cintura enseguida, saboreando la magia del instante, la dulzura de este primer contacto, para arrastrarla a un torbellino de sensaciones y júbilo.

Las últimas notas musicales se desvanecen y dejan flotar en el ambiente su vibración penetrante unos segundos más. Nuestras manos se separan con pesar, despacio, pero no podemos apartar la mirada el uno del otro. Sus ojos azules permanecen inmersos en los míos.

—Creo que era el último baile —dice ella con un mohín.

—Sí, tiene toda la pinta...

No se me ocurre nada más que decir. Tengo la sensación de haber estado a su lado siempre y, paradójicamente, parece que la velada haya durado un suspiro.

—Pues… hasta la próxima, quizá —me dice con una sonrisa apenada.

—Sí, eso… hasta la próxima. Ha sido un placer.

Con una sonrisa en los labios, retrocede unos pasos y se da la vuelta. La veo alejarse. Su paso es lento, casi vacilante. Me siento estúpido, plantado como un tonto, paralizado por la timidez. Inspiro hondo. «No dejes que te devore el miedo, Gabriel. No dejes que controle tu vida. Basta con que te armes de valentía caballeresca. Ella nunca te habría mirado así si no hubiese sentido algo por ti, algo de esta increíble atracción. No habría bailado contigo toda la noche…». Ahora la veo ponerse el abrigo sobre el vestido de baile. Mi tensión está en su punto álgido. El miedo activa de repente todas mis creencias limitantes para acabar de paralizarme. «Te va a rechazar. Ya está con alguien. Ella…». Con un esfuerzo de voluntad enorme, logro detener el mecanismo destructor y me pongo en movimiento. La alcanzo en el momento en que empuja la puerta de la sala para salir.

—Enora, yo… He pasado una velada maravillosa contigo. Rara vez me he sentido tan conectado con alguien. Y, sin embargo… apenas te conozco…

La sonrisa que me dedica en respuesta me ilumina el alma.

La luna, único testigo de nuestro paseo, ilumina las calles desiertas del pueblo, y me felicito por haber aceptado que Aziliz duerma esta noche en casa de su amiga Maïwen después de la *fest-noz*. La proximidad del cuerpo de Enora caminando junto al mío me turba. Nuestras manos se rozan en varias ocasiones. Estoy en trance.

—Debo confesarte que yo también he pasado una velada maravillosa, Gabriel. En realidad, me he puesto loca de contenta cuando te he visto esta noche...

Sus palabras encienden mi corazón. Me acerco a ella, me tiembla el cuerpo de la emoción. Hace un leve movimiento hacia atrás.

—Es un poco complicado para mí.

Se me corta la respiración.

—Estás con alguien, ¿es eso?

—¡No! No es eso, para nada. Es...

De pronto la noto abatida. La conexión se ha visto interrumpida, y no sé cómo restablecerla.

—No puedo dejarte sin explicación —continúa—, sería cruel por mi parte. Ahí va: tengo miedo cuando me siento atraída por alguien... Y es lo que me pasa contigo, Gabriel.

La miro confundido, desconcertado por lo que acaba de decirme.

—Hasta ahora, mi vida sentimental ha sido... digamos... agitada. Dolorosa, sería más acertado. Todos los hombres a los que he querido me han herido profundamente, de manera que he aprendido a no fiarme de mis sentimientos... al menos de mis sentimientos amorosos.

En un primer momento, imaginarla infeliz me entristece. A continuación, la idea de poder convertirme en una nueva fuente de sufrimiento para ella me deja desolado.

—Créeme, herirte es lo último que quiero en el mundo, Enora —contesto con cierta torpeza.

—¡No te lo tomes como algo personal, Gabriel! Eres tan amable, tan dulce y atento… Pero, como te he dicho, no me fío de mis sentimientos.

—¿Y si nos tomamos un tiempo? ¿Y si dejamos que las cosas surjan de manera natural?

—Aun así, la fase de seducción es la fase de seducción. Todos nos esforzamos por mostrar la mejor parte de nosotros mismos…

—No lo entiendo… Entonces, ¿qué quieres? ¿Piensas quedarte soltera toda la vida para evitar sufrir de nuevo?

—Ya he fantaseado con eso, ¿sabes? —responde con una risita que aligera de pronto el ambiente—, pero creo que eso tampoco se me da bien…

—Entonces, ¿qué hacemos?

Hace una pausa.

—Dejemos que la vida decida por nosotros… Si nos ofrece una señal clara, si nos lleva hacia el otro sin que busquemos vernos de nuevo, entonces creo que recuperaré la confianza… Pero ¡nuestros encuentros en las *fest-noz* no cuentan! Sería demasiado fácil…

—Entonces, ¿no bailarás más conmigo?

—Claro que sí, siempre podemos bailar juntos…

Me mira con una sonrisa irónica.

—… aunque no mucho. De lo contrario, sería demasiado difícil resistirse…

Me quedo largo rato en silencio.

—Ya lo entiendo —digo al fin con un suspiro—. Es una manera de verlo un poco… extraña, pero de acuerdo. Dejemos que la vida decida por nosotros.

Me coge del brazo y se aprieta contra mí. Desprende

un perfume embriagador de manzana y hierba mojada, y una ligera nota de humo de leña también.

—Lo siento, Gabriel. Entendería que pasases a otra cosa, pero yo ya no puedo arriesgarme a equivocarme.

Llegamos a nuestros coches en silencio. Dejo que Enora se siente al volante del suyo, no sin antes haberla abrazado durante un largo rato.

Me siento del todo perdido al ver cómo desaparece su vehículo en la noche. Acabo de pasar la velada más hermosa de mi vida, acaba de comenzar una historia de amor maravillosa... y ya se ha terminado. Arranco el Ávalon. El motor quiebra la quietud nocturna con su rugido. De ahora en adelante, mi futuro amoroso depende de la buena voluntad de la vida, lo que no tiene nada de tranquilizador...

32

Una parte de mí esperaba encontrarse con Enora los días siguientes, en consonancia con las predicciones de las otras partes de mí, pero no ocurrió. El único aspecto positivo es que pensar en la posibilidad de que esta historia no esté condenada, me ayuda a no sufrir demasiado. Mientras haya esperanza... Así pues, regreso a nuestro refugio invernal en casa de Efflam en un estado sereno y alegre. Erwan me ha dado unos días de vacaciones durante la semana de Navidad, y me regocijo con este tiempo de descanso y festejos.

No hay nadie en casa cuando llego. Todas las luces están apagadas. Llamo. Sin respuesta. Seguramente Aziliz estará en casa de Efflam, a menos que ande jugando en el huerto con Mélusine. En cuanto a Noé, probablemente esté trabajando en su proyecto secreto, en el dominio de nuestra pequeña cabaña de Kernaël, en previsión del próximo cumpleaños de Aziliz. Ella y yo tenemos prohibido terminantemente colarnos en el tajo mientras duren las obras. Tras una ligera vacilación, decido llamar a la puerta de Efflam para celebrar con él mis días de vacaciones. Al ver a Aziliz y a Noé llorando en el sillón del viejo druida, que permanece de pie al lado de mi primo, comprendo que algo ha ocurrido.

—¿Qué pasa? —pregunto con tono inquieto.

Efflam me responde con gesto grave.

—Será mejor que te sientes, muchacho.

Obedezco y tomo asiento donde suelo hacerlo durante mis conversaciones con Efflam, a la hora de la infusión. El temor crece a velocidad vertiginosa en mi interior, contrayendo cada fibra de mi ser.

—¿Qué ocurre, Noé...? Vamos, cuéntamelo.

—Estaba intentando hacer bricolaje... en... en fin, en nuestra casa —comienza, sorbiéndose los mocos—, cuando... cuando...

Se interrumpe.

—¿Cuando qué?

—Cuando han aparecido. Eran tres. Una pareja y el agente inmobiliario. Quería esconderme, pero no me ha dado tiempo, y el agente me ha preguntado si podían visitar la propiedad. Me he visto incapaz de hablar, y él se lo ha tomado como un sí. Les ha dicho que nuestra cabaña podía transformarse en una casa rural... Los compradores parecían interesados, el agente decía que podían derribar mi refugio para murciélagos para ganar altura bajo el techo. Luego han hablado de una fecha para firmar la venta...

Se interrumpe de nuevo, estremecido por los sollozos. Aziliz lo rodea con los brazos.

—Todo irá bien, Noé, todo irá bien... —le digo poniéndome en pie.

—¡No, no va bien! ¡Nos van a quitar la casa!

Aziliz me deja su sitio en el brazo del sillón e intento reconfortarlo. Nos abrazamos los tres, formando un ovillo compacto en el gran sillón de Efflam. El viejo druida se acerca con una tetera de barro en la mano.

—Tomad, bebed esto, niños… Es hierba de San Juan, ahuyentará la tristeza —nos dice con voz dulce y los ojos llenos de ternura.

Acabo la llamada.

—Han hecho una oferta, es cierto… Me lo ha confirmado mi madre.

Efflam ha vuelto a tomar posesión de su sillón. Me escucha en silencio. Es probable que perciba la tormenta que se desata en mi interior.

—¡Lo ves! —continúo—. No ha funcionado. He hecho lo que me dijiste… Nos he visualizado, a Noé, a Aziliz y a mí, viviendo en nuestra casita. He dado las gracias al universo por ello, ¡y nada ha funcionado!

—¿Qué opción te queda?

—¿Qué opción? ¡Ninguna, Efflam! ¡Se ha jodido, se acabó! Aunque de verdad lo creí… Pero tu ley de la atracción no funciona en el mundo real. En el mundo real, las cosas van mal, es así de simple.

Al proferir una creencia tan limitante ante el druida, tengo la impresión de dar un salto cuántico hacia atrás. Sin embargo, es eso lo que grita una parte de mí, y siento que esa parte desea hacer daño a Efflam, decirle: «¡Ves, tus bonitos conceptos no son más que aire!». Me contengo, cerrando los puños.

—El viento desata la tormenta, muchacho… —responde, como si me hubiese leído la mente—. Estás enfadado conmigo, contigo, con todo. Estás decepcionado, es normal, y lo comprendo. Aun así, aquí y ahora, es inútil. Puedes proyectar tu frustración en mí, si quieres, eso no te arreglará la vida. Nos encanta adoptar el papel de víctimas, porque nos permite librarnos de forma momentánea del malestar a través del lamento, pero te digo una cosa: elegir ser víctima es renunciar a nuestro poder.

—¿A ti te parece que esto es justo? Lo he dado todo, ¡y mira el resultado!

—El camino de la felicidad no tiene nada que ver con el de la justicia. Si te pones a contar los errores que todos cometemos, no saldrás adelante. La decisión de no considerarse nunca una víctima no es necesariamente acertada desde un punto de vista moral, pero no cabe duda de que es la más eficaz: si considero que en cada instante soy el creador de mi realidad, me ofrezco la oportunidad de cambiarla cuando lo que vivo no me conviene. Puedes invertir toda la energía que quieras en quejarte, eso no te devolverá tu casa, pero puedes recuperar el poder, utilizar esa energía para encontrar una salida positiva, y entonces el viento podrá mover montañas…

—Ya no sé ni lo que digo, Efflam… Me siento tan oprimido…

—Tómate tiempo para respirar hondo, muchacho, para anclarte bien en el suelo —me aconseja.

Tiene razón, estoy al borde de la asfixia. Cierro los ojos y me concentro en la respiración. Al cabo de unos minutos, recobro la calma poco a poco.

—Perdona la agresividad.

—No pasa nada, es comprensible.

—De verdad que quiero encontrar una solución, pero necesito entender por qué no ha funcionado la ley de la atracción.

—En mi opinión, la ley de la atracción siempre funciona, pero a menudo no la comprendemos bien. La percibimos como una especie de fórmula mágica, a pesar de que su funcionamiento sería más bien similar al de las leyes físicas, como la de la gravedad. En la ley de la atracción influyen diversos factores: tu mente consciente, por supuesto, pero también tu inconsciente, tus miedos, tus actos de autosabotaje. También está la interacción con los demás seres. No querías que se vendiera la casa, de acuerdo, pero ¿era ese el deseo del agente inmobiliario? ¿O el de los primos de tu madre, que cuentan con la venta para recibir su parte de la herencia? Podemos imaginar que la influencia de su voluntad en la ley de la atracción es equivalente a la tuya. Y luego están tus habilidades en materia de atracción. Advierto que no todos somos iguales ante eso. Para mí, es como un músculo que hay que utilizar, activar, mantener en forma. En último lugar, y este es quizá el factor más importante, está el deseo de tu alma, que tiene sus propios proyectos para tu vida. Si tus visualizaciones van en sentido contrario a los deseos profundos de tu alma, entonces envías información opuesta al universo, de modo que recibes resultados moderados. Nunca podrás estar seguro de los efectos que vas a obtener si reduces la ley de la atracción al pensamiento positivo. No es el hecho de querer lo que produce el resultado, es el hecho de estar alineado, de sentir que cada parte de ti, consciente, inconsciente y alma, está acorde con el objetivo deseado. De ser el caso, créeme, verás cómo se materializa en tu vida todo eso que pides, tarde o temprano.

—Pero ¿qué puedo hacer para estar alineado?

—No puedes hacerlo, sino sentirlo. ¡Y, si no sientes nada, observa! Observa sin más, con honestidad, las resistencias. Libérate de todo lo que puedas. Si esas resistencias no son demasiado fuertes, las cosas que pides ocurrirán de todos modos, pero de forma más lenta, o no exactamente como habías esperado.

Suspiro.

—Tenía la impresión de estar bastante alineado, ¿sabes...?

—Hum... Quizá fuera así... ¿Quizá ya hayas recibido la respuesta del universo y no la has visto o escuchado? O quizá esté a punto de surgir una solución... ¿No tienes ninguna alternativa para encontrar los fondos con que comprar la casa?

Reflexiono unos instantes.

—Mi madre podría prestarme la entrada, pero luego está la hipoteca. Y ahí, imposible presentar el contrato falso. Aziliz me da la lata para que utilice el dinero de su herencia, pero jamás me aprovecharía de eso, claro.

—Vaya, ¿por qué no?

—Efflam, ¡tiene diez años! De todos modos, no pienso dilapidar su capital, el seguro de vida de sus padres, para hacer realidad mis sueños.

—¿Tus sueños? ¿No son también los suyos? Quizá sea esa la respuesta del universo...

—¡De ninguna manera! Con solo pensarlo, me siento terriblemente culpable...

—¿Te sientes culpable por la respuesta del universo? ¿Es que tu sobrina no forma parte de él?

—¡Si una cosa está clara, es que yo no he pedido al universo que las cosas ocurran así!

Efflam se levanta de golpe de su sillón.

—Ah, si hay error de forma, se acabó el asunto. Qué pena, era un proyecto tan bonito... Bueno, te dejo que pienses en cómo el universo debería haber reunido los fondos para la compra de vuestra casa, para hacer las cosas bien. Entretanto, yo voy a ocuparme de mi semillero, hay que prepararlo para la primavera —concluye sin esperar a mi reacción.

Medito largo rato acerca de sus últimas palabras. ¿De verdad me estoy comportando de un modo obtuso por rechazar la solución que me ofrece la vida? Pero ¿cómo aceptarla sin abusar de la buena voluntad y la juventud de mi ahijada?

33

Mi madre me mira con una ternura que nunca había visto en sus ojos. Me doy cuenta de que siempre ha estado ahí, pero me negaba a verla. El té verde que tomamos hace que las manos y el resto del cuerpo entren en calor. En la pequeña casa reina un frío glacial. No había vuelto en semanas, con el fin de respetar el deseo de Noé de que nadie vea lo que había empezado a construir, pero ha aceptado que le enseñe nuestro dominio secreto a mi madre. Antes he tenido que jurarle que no revelaré a Aziliz el regalo de cumpleaños que le está construyendo... Quiere que siga siendo una sorpresa. ¡No cabe duda de que se asombrará cuando descubra lo que le ha construido! Yo mismo estoy pasmado por su trabajo... pero no diré más.

Nuestra cabaña no ha cambiado, por así decirlo. Las filtraciones de agua son menos graves de lo que me temía, y el interior ha seguido más o menos en el mismo estado en el que lo dejamos. Mi madre mira a un lado y otro con admiración.

—Este lugar es magnífico, Gabriel... Una vez reformado, quedará de ensueño. Vine a casa del tío Yann en raras ocasiones, y no sabía que hubiese esta construcción. Me pregunto incluso si él mismo lo sabía.

—Pero el catastro indica que está en nuestro terreno.

Me alegro de que a mi madre le guste, ella enseguida percibe el verdadero valor y la belleza de las cosas.

—Entonces, ¿los primos están de acuerdo?

—¡Claro, Gabriel! Estaban encantados con la idea de que la granja y el terreno se quedasen en la familia. Los primeros compradores eran unos ingleses y, como ya sabes, querían convertirla en una casa de huéspedes.

—Da las gracias otra vez a tus primos por haber bajado el precio de venta…

—Al señor Le Gall no le ha hecho tanta gracia, claro, porque su comisión se verá revisada a la baja, pero así son las cosas. He tenido que hacerle entender que no era él, sino mis primos, quienes escogían al comprador. Ahora, ¡cuéntamelo todo! ¿Cómo vais a hacer para comprarlo? ¿Invertiréis el dinero de Clara y Ludo? Bueno, ¿el dinero de Aziliz?

El hecho de emplear el dinero de mi sobrina aún me hace sentir un poco culpable.

—Yo en principio no quería, pero hemos encontrado una solución equitativa para todos, que además protege el capital de Aziliz. Vamos a crear una sociedad civil inmobiliaria, y ella poseerá la práctica totalidad de la finca en principio.

—Y la repartiréis más tarde, ¿no es así?

—Sí. Con el resto de su herencia, podremos reformar la casita, y también la casa de labor, que pensamos alquilarla a un joven que se dedica a la agricultura ecológica.

El lugar le interesa. Los ingresos del alquiler nos servirán para volver a comprar los dos tercios de la finca a Aziliz. Según los cálculos que he hecho con el notario, cuando cumpla los dieciocho, cada uno de los tres tendrá una parte proporcional de la finca.

—Es perfecto, Gabriel. No veo ninguna razón para que no funcione. ¿Y tú? ¿Vas a seguir con la construcción?

—Sí, si es necesario. Me gusta el trabajo, pero no creo que sea mi vocación. Noé y Aziliz han encontrado la suya con el proyecto de apicultura. Noé va por la décima colmena, y Aziliz ha sembrado flores por todas partes. Imagínate el claro en primavera, va a estar precioso. Por mi parte, voy a intentar reformar todo lo que pueda de la casa, empezando por el tejado... Luego ya veré lo que me reserva la vida.

—Es prudente por tu parte... Has cambiado mucho, ¿sabes, Gabriel? Te noto menos inquieto, y has recuperado esa energía que tenías cuando eras más joven, cuando querías cambiar el mundo, ¿te acuerdas?

—¡Claro que me acuerdo! ¡Y quiero hacerlo de nuevo! Comenzando por cambiar el mío, mi mundo.

—Clara debe de estar orgullosa de ti, estoy segura de que te observa desde dondequiera que esté... Bueno, ¿vamos a recoger a Aziliz a la salida de la escuela? Es casi la hora, ¿no? ¡Tengo tantas ganas de ver a mi pequeña hada!

—No tantas como ella, créeme. Cuando le dije que venías a vernos, estaba tan emocionada que costó trabajo que se fuera a la cama.

La vida me parece muy tranquila desde que se han resuelto nuestros problemas. Mamá se marchó después de firmar el compromiso de venta. Me muero de ganas de regresar a nuestra cabaña, desde que fui con ella no he vuelto. Ahora que de verdad es nuestra casa, me ha invadido una nueva energía, y me siento listo para mover montañas. Tras discutirlo con Noé, acordamos que volveríamos después del cumpleaños de Aziliz, a principios de abril. Aún faltan semanas, pero es lo más razonable, con el frío que hace. Entretanto, nada me impide que vaya cuando ella está en clase para comenzar las obras. El techo de la casa solariega está casi acabado y voy a tener mucho tiempo libre. En un mundo perfecto, todo iría bien si Enora no ocupara últimamente todos mis pensamientos. Es como si las preocupaciones se escondieran unas detrás de otras: en cuanto desaparece un problema, surge otro… No he vuelto a verla en ninguna *fest-noz*, pienso que quizá me está evitando. Con todo, visualizo nuestros encuentros al menos dos o tres veces al día. Sin noticias del universo… Nada da resultado… Nunca he abordado el tema de los misterios del amor con Efflam, por pudor, sin duda, pero algo me dice que debería hacerlo. Después de todo, fue delante de su casa donde me topé con Enora por primera vez…

El sol de los primeros días despejados caldea la terraza acristalada. Las dos mesas están abarrotadas de semillas y empiezan a asomar algunos brotes. En los maceteros, el ajo ha brotado ya, y las lechugas de invierno han salido por completo. Efflam riega sus pequeños protegidos mientras piensa en mi problema.

—Comprendo —acaba diciendo—. Y cuando te imaginas con la joven de la *fest-noz*, ¿te sientes alineado?

He preferido no desvelarle que se trata de Enora, porque no quiero ponerlo en un compromiso, ya que es probable que sea una de sus pacientes. Es más, debería habérselo preguntado a Enora en nuestros encuentros, pero no lo hice. Lástima, porque me habría simplificado la tarea…

Contesto a la pregunta del druida.

—Bueno… sí y no. Me parece evidente y totalmente imposible al mismo tiempo.

—Hum… Es probable que aún tengas creencias limitantes… Cuesta acabar con ellas, ¿sabes?, sobre todo en lo que respecta a los sentimientos amorosos…

—Sobre todo si ella también tiene sus miedos.

—Los miedos no condicionan totalmente nuestra vida. Por suerte; si no, sería un verdadero infierno para la mayoría de nosotros. De media, solo el cinco por ciento de nuestros miedos se hacen realidad.

—¿Quieres decir que la mayoría de los miedos evitan la ley de la atracción?

—El miedo, en esencia, impide gozar del momento presente. Cuando temes que Aziliz caiga del árbol al que trepa, no es probable que tu miedo la haga caer, pero no disfrutarás de la alegría de tu sobrina en ese instante. Dejarás pasar de largo el momento presente imaginando lo peor.

—Tienes razón… —digo con un suspiro—. El miedo me ha hecho soslayar cosas esenciales… pero, volviendo a la chica de la *fest-noz*, necesito tus sabios consejos. ¿Qué puedo hacer?

—Tus deseos deben estar en sintonía con el objetivo de tu alma. Lo que yo denomino alma es la parte eterna de tu ser, la que no se ve alterada por el ciclo de las muertes y los nacimientos, al contrario que tu cuerpo físico y tu mente. Debido a su inmortalidad, el alma tiene a menudo una perspectiva y unos proyectos distintos de los de tu mente. Desde su punto de vista eterno, tu vida presente no es más que un episodio muy breve. Además, el alma no vive de la ilusión de la separación, como la mente. Permanece conectada en todo momento a la Diosa.

—¿Me estás diciendo que, si mi alma ha decidido que no tenía nada que hacer con esa mujer, nada será posible entre nosotros?

—Yo no he dicho eso. Eres un ser dotado de libre albedrío, así que puedes actuar a tu antojo. No obstante, el alma siempre te ofrece la experiencia más hermosa. Te desea lo mejor. Tu mente también, de otra manera, salvo porque, al contrario que tu alma, la mente solo posee una parte ínfima de los datos. Tu alma está conectada con lo que ha sido, es y será, y eso significa que tiene acceso a toda la información necesaria. Conoce la esencia de esa joven, sus cualidades, sus heridas, sus proyectos íntimos… Puede explorar el futuro para saber lo que te aportaría una experiencia de pareja con ella.

Me siento repentinamente frustrado ante la idea de que la parte invisible de mí mismo decida todos mis proyectos de vida en algún lugar de otro espacio-tiempo…

—Debo confesarte algo, muchacho —continúa

Efflam—. Yo nunca utilizo la ley de la atracción para pedir cosas.

—¿Nunca utilizas la ley de la atracción?

—Para pedir cosas —precisa.

—Entonces ¿para qué la utilizas?

—Me visualizo en un solo estado, de una felicidad perfecta. Conectado, anclado, con plena salud, vivo… Poco importa el camino, es lo único que me interesa de verdad y, sin duda, estoy seguro de que es lo que desea mi alma.

—Comprendo… Así estás seguro de no fallar…

—De no fallar a mi alma.

—Me interesa lo que dices… ¿Y funciona?

—Tengo setenta y cinco años, y nunca he estado tan bien.

—¿Y cómo lo haces?

—Cuando mi intención ha sido enviada con claridad, escucho la respuesta del universo.

—Pero ¿cómo te llega?

—Gracias a la intuición, la mensajera del alma. La intuición te guía de forma infalible, porque tiene todos los datos.

—Y la intuición, ¿cómo se expresa?

—De mil maneras: mediante señales, sincronicidades, principalmente…

—¿Sincronicidades?

—Es cuando convergen varias señales. Al abrir un viejo libro, por ejemplo, te topas con la foto de un amigo al que has perdido de vista, y te encuentras al amigo en cuestión esa misma tarde. ¡Eso es la sincronicidad! Indica que hay algo que vivir en esta dirección. Pero la intuición también te habla con esa vocecilla que viene del fondo de tu ser. Todos tenemos una.

—Ya sé a qué te refieres. Mi madre me habló de esa vocecilla y a veces intenté escucharla. Algunas veces el resultado fue sorprendente en el buen sentido, y otras, en el malo, por desgracia. Al final llegué a la conclusión de que era interesante pero poco fiable.

—¡Eso está bien, está muy bien! Te fías más de tus experiencias que de lo que te dicen, y tienes razón: esa voz interior no es solo el canal de la intuición. De hecho, es una mezcla de todo lo que no es consciente: la intuición, pero también el inconsciente, los miedos, las pulsiones… Y cuesta discernir qué parte de ti te habla a través de ese canal.

—¿Cómo se consigue captar la diferencia?

—Se perfecciona con la práctica, pero puedes también aplicar el juicio. ¿Qué alimenta las palabras de la voz: el amor o el miedo? Si es el miedo, hay muchas posibilidades de que provengan de tu mente… También hay otras técnicas. Algunas emplean el péndulo. Yo, por ejemplo, hago un test celular, algo así como un test kinesiológico.

—¿Puedes concretar?

—Será más sencillo que te lo muestre. Sí, intuyo que es lo que hay que hacer —me dice con una sonrisa—. Afianza bien las piernas, cierra los ojos y concéntrate… Vale, ¿listo?

Asiento con la cabeza.

—Bueno, pide ahora a tus células que te den un sí claro, rotundo y preciso, y observa con atención la sensación que atraviesa tu cuerpo.

Al instante experimento una expansión interna, una sensación de circulación en cada punto de mi ser. Indico a Efflam con otro asentimiento que el ejercicio es concluyente.

—Muy bien. Ahora haz lo mismo pidiendo un no.

Obedezco. Enseguida me invade una sensación de cierre, pesada, desagradable, incluso.

—¡Funciona, es increíble! —exclamo en voz alta.

—Ahí lo tienes, sabes reconocer el sí y el no de tu cuerpo. Ahora puedes formularle una pregunta.

Cierro los ojos de nuevo y me concentro en lo que deseo con fuerza: «¿Tengo algo que vivir con Enora?». No experimento ningún cambio. Ni expansión ni cierre.

—No ocurre nada, Efflam.

—Imagino que tu pregunta concernía a la joven de la *fest-noz*. No me sorprende que no haya pasado nada. A menudo es preferible no saber lo que nos espera antes de que sea el momento justo… En ese caso, el test permanece en silencio. La ventaja de este método es que proporciona matices. No se contenta con decir sí o no, también dice «quizá», «no es el momento de saberlo», «no es ideal, pero está bien…» —concluye, observándome con aire divertido.

—¡Voy a intentar desarrollarlo con más fuerza! Pero si el test no quiere decirme más, ¿puedo usar mi intuición de otra manera?

—No intentes querer controlarlo todo, muchacho. Deja un poco de lado las visualizaciones… ¡Hay algo en proceso, lo noto, palabra de druida! Deja que la vida haga su trabajo. El tuyo es escuchar tu intuición. Aprende a escucharla y te guiará de forma infalible.

Sin transición, como tiene por costumbre, Efflam se levanta y se pone a regar el sembrado.

—¿Qué tal si me ayudas a plantar todas estas semillitas de amor? —me pregunta señalando una serie de maceteros de encima de la mesa.

34

Aziliz avanza a tientas con una venda en los ojos. Cuando tropieza con una raíz, impido que se caiga.

—¡Aúpa! Por los pelos —le digo.

—¡Me encantaría veros a vosotros así! ¡No es fácil caminar por el bosque a ciegas!

—Ya casi has llegado —la anima Noé, que le sujeta la otra mano.

Una vez en el centro del claro, junto al haya, Noé le desata el pañuelo, que le resbala por la punta de la nariz. Aziliz parpadea varias veces para adaptarse a la luminosidad del ambiente. Hace un día formidable, el sol proyecta sus rayos en el ramaje de los árboles. Aziliz mira a su alrededor. Escudriña cada rincón del claro. Yo la miro divertido. Noé está colorado, a punto de estallar de júbilo.

—No veo nada de nada. ¿Está dentro de casa?

Noé hace un gesto de negación. De pronto a Aziliz se le ocurre levantar la cabeza. Su grito de estupefacción al descubrir el regalo resuena más allá de la pradera.

—¡Feliz cumpleaños, Aziliz! —exclama Noé.

Ella da palmadas con las manos delante de la boca, muy abierta.

—Me has hecho una cabaña… —murmura por fin.

—¡Mucho mejor que eso! ¡Aziliz, es tu nueva habitación!

La emoción contenida de mi sobrina se transforma de pronto en un grito colosal de alegría.

—¡Oh, Noé! ¡Gracias! ¡Gracias, gracias, gracias! ¡Soy tan feliz! —grita al tiempo que se arroja en sus brazos.

—¿Te gusta?

—¡Me encanta! ¿Puedo subir a verla?

—Como en tu casa —responde él con una sonrisa maravillada.

Parece tan emocionado como ella. Irradia orgullo y alegría al ver a su princesita tan feliz. Aziliz trepa la vieja haya a una velocidad fulminante. Con la ayuda de un ingenioso sistema de cuerdas, Noé ha instalado asideros alrededor del tronco para facilitar el ascenso a las ramas. Alzamos la cabeza y la vemos alcanzar la plataforma sobre la que se alza su habitación. La obra de Noé es extraordinaria. Suspendida a una decena de metros, la cabaña de madera domina todo el valle. Su base descansa en la horcadura de tres gruesas ramas. La construcción está integrada a la perfección en el árbol, parece el refugio de un hada o un duende. Aziliz abre la puerta con la misma curiosidad que Blancanieves al llegar a la casa de los siete enanitos.

—¡Por dentro es aún mejor! —la oímos gritar—. ¡Eres increíble, Noé!

Me llevo las manos alrededor de la boca como si fuesen un megáfono.

—¿Nos invitas a tu casa? —le pregunto.

—¡Pues claro, subid!

Trepar por el árbol me devuelve a mi infancia. Me doy cuenta de que no lo había vuelto a hacer hasta ahora… Al escalar el tronco del haya siento que me envuelve su energía, dulce, sabia, bondadosa. Parece increíblemente feliz de acogerme entre sus ramas.

Al llegar a la plataforma, compuesta por varios palets de madera, mi admiración es absoluta. La vista a través de las ramas corta la respiración. Un mar de vegetación, formado por las copas de los árboles, se extiende hasta el valle, donde un río relumbrante se pierde en el horizonte. Miro a través de los cuadraditos de cristal de la minúscula puerta, pintada con esmero de un azul vivo, y descubro el nuevo nido de Aziliz. Me agacho para entrar en la habitación. El pequeño espacio interior es ideal. Hay una cama sencilla fijada a la perfección entre los muros de madera del fondo. A lo largo de una de las paredes se extienden unas estanterías y hay un pequeño escritorio instalado en un hueco. Advierto una trampilla en medio de la habitación. Cojo la anilla insertada en el suelo para abrirla y me encuentro un cajón de madera grande y profundo, encastrado con ingenio en la plataforma, que hace las veces de armario.

—Es para guardar las cosas que no se usan mucho —me explica Noé, que se ha unido a nosotros.

Aziliz vuelve a saltarle al cuello.

—¡Oh, gracias, gracias, Noé! Es aún mejor que en mis sueños.

—Todavía hay que hacer unos últimos retoques… Habrá que buscar unas cortinas para la ventana, y Gabriel me ayudará a hacer llegar la electricidad hasta aquí, ¿verdad, primo?

—¡Cuando quieras, Noé!

—¡Madre mía! ¡Es genial, de verdad! —exclama Aziliz—. ¿Cuándo volveremos a vivir aquí? ¡Me muero de ganas de instalarme en mi cabaña!

Me agacho para susurrarle al oído:

—¿Sabes una cosa? Somos seres libres, ¿no?

Asiente ligeramente con la cabeza.

—Eso quiere decir que cuando queramos. Además, las filtraciones de la casita de abajo están reparadas. Acabé el trabajo la semana pasada, y el suelo vuelve a estar seco...

—Entonces ¿cuándo volvemos?

Finjo pensarlo unos instantes.

—¿Y por qué no hoy? —propongo—, para celebrar tus once años?

—¡Te adoro, Gab! ¡Os adoro a los dos! —suelta ella bien alto, cogiéndonos por el cuello para darnos un largo abrazo.

—¡Venga, si queremos instalarnos antes de que anochezca, tenemos que ir a recoger nuestras cosas a casa de Efflam! —digo rompiendo el abrazo.

Antes de bajar del árbol, Noé se vuelve hacia mí.

—¿Y si compramos unas pizzas para celebrarlo todo, el cumpleaños y nuestro regreso?

—Vale, ¿me acompañas a la tienda?

Mi primo recula un momento. Vacila... Lo miro con el rabillo del ojo.

—¿Te ves capaz?

De pronto arquea el torso.

—¿Y por qué negarme a escoltaros a la tienda, señor Galabriel? —me suelta—. En camino, compañero, ¡me comprometo a afrontar el peligro contigo!

Miramos con apatía las pizzas apiladas en el arcón de los congelados. Leo en voz alta la lista de conservantes que contienen en el reverso de la caja de una de ellas. Desde que Efflam nos albergó en su casa, no había vuelto al supermercado. Todo lo que comíamos provenía del huerto del druida, y los productos secos, de la cooperativa ecológica de Guingamp. Ahora me siento fuera de lugar en el supermercado, que huele a plástico y a detergente industrial. A mi lado, Noé tiene la mirada perdida, lo atribuyo de inmediato a su miedo a los lugares públicos.

—No sé si ha sido buena idea venir aquí… —me suelta, sin embargo.

Intercambiamos una mirada, y comprendo que comparte mi estado de ánimo.

—En casa de Efflam, hemos tenido mucho cuidado con lo que comíamos —prosigue—. No hemos echado ningún producto químico a las plantas, y hemos preparado unas tartas caseras increíbles… Efflam me ha enseñado a tratar la madera de las colmenas con aceite de linaza… Estas pizzas… no estoy seguro. No debe de ser muy complicado hacer la masa…

Dejo caer en el congelador la caja que tenía en las manos.

—¿Sin remordimientos?

—Sin remordimientos, señor Galabriel…

Nos dirigimos a la puerta con las manos vacías. No salgo de mi asombro por la toma de conciencia de mi primo. El contacto con la naturaleza lo ha transformado de verdad… Creo que este año, por su cumpleaños, voy a buscarle un regalo distinto de la eterna camiseta con la imagen de algún héroe de videojuego. Hace mucho que no juega, por cierto; está demasiado ocupado construyendo refugios para los animales y para la princesita. No, este año buscaré en internet cómo fabricar un horno para pizzas… ¡Estoy seguro de que sabré hacerlo!

—¿Por qué sonríes? —me pregunta al tiempo que vuelve a subir al Ávalon.

—Por nada. Solo me alegro de que volvamos a vivir en nuestro mundo, en plena naturaleza.

—Muy bien dicho, señor Galabriel, ¡muy bien dicho!

35

Disfruto de la vida en Kernaël con una alegría nueva. El hecho de saber que por fin estamos de verdad en nuestra casa, liberados de la amenaza constante del desalojo, cambia profundamente mi relación con el lugar. ¡A esto cabe añadir la comodidad de poder hacer las reformas sin problemas presupuestarios! He acabado de construir el horno para pizzas, de piedra y ladrillo, pegado al muro oeste de la casa. Noé lloró al descubrir que lo había hecho para él. A continuación emprendí el arduo trabajo de reparar y aislar el tejado... con el consentimiento de los murciélagos, obtenido por Efflam gracias a su don para comunicarse con los animales. Se marcharon esa misma noche para instalarse en el nuevo refugio que Noé había creado para ellos en el galpón de arriba. Noé desmontó su antigua casa para reciclarla y construir una colmena. En su nueva habitación cerca del cielo, Aziliz está como en una pequeña nube. Las semillas que plantó han florecido, y el suelo del claro está cubierto de florecitas malvas y azules. La casa se transforma a toda velocidad, ¡qué bien me siento!

Contemplo la obra con satisfacción. He acabado de instalar la lana de madera y de grapar el freno de vapor. Tras una breve pausa para almorzar, podré pasar a la fase siguiente, es decir, clavar el revestimiento.

Al colocar la primera lámina, caigo en la cuenta de que no he cogido los clavos que debía. Tras reprenderme a mí mismo por este estúpido error, me resigno a volver a la tienda. En la furgoneta continúo fustigándome, reprochándome el malgasto de gasolina por andar siempre con la cabeza en las nubes. Cuando paso por el cruce de la pequeña carretera que lleva a la casa de Efflam, un herrerillo azul se posa en la rama de una vieja haya que se alza en la intersección. Extrañamente, el pájaro parece decirme que tome la dirección de la casa del druida. Al cabo de un instante de vacilación, sacudo la cabeza y decido proseguir mi camino. No quiero pedirle clavos a Efflam, ahora ya puedo comprarlos.

Aparcamiento, tienda de bricolaje, varias cajas de clavos adecuados, registradora, aparcamiento…

Vuelvo a pasar por el cruce de la vieja haya. Ahora es el árbol el que parece indicarme que gire. Sacudo la cabeza de nuevo para librarme de este sentimiento irracional y vuelvo a casa. Cuando estoy aparcando el Ávalon delante de la granja de los murciélagos, como la han bautizado Noé y Aziliz, me veo invadido por una extraña oleada de tristeza. De pronto lo entiendo. El árbol, el haya… Mi intuición quería decirme algo. ¡Efflam! ¿Le habrá pasado algo? Arranco a toda velocidad, con el corazón palpitante.

Llego al patio del druida y reconozco de inmediato el coche azul claro. Enora... Había conseguido desapegarme, apaciguar la parte de mí que ardía en deseos de verla. Todos estos esfuerzos se ven desbaratados en una fracción de segundo. El corazón empieza a latirme con fuerza. Está aquí. No es Efflam quien no está bien, sino ella. Es probable que Enora haya venido para recibir los cuidados del druida. ¿De qué mal padecerá? La imagino delante de Efflam, que le prepara algún remedio para la fiebre del heno... o las penas del corazón. ¿Qué hago? De cualquier modo, no puedo presentarme en plena sesión. «¡Hola, Efflam, soy yo! ¡Ah, Enora! Pero ¡qué sorpresa!». Quedarme en el patio esperando a que salga tampoco es una buena idea, ¡me sentiría ridículo! Un torbellino de emociones se desata en mi interior. Se acaba imponiendo mi instinto de protección. Decido huir... pero el Ávalon se niega a arrancar. Lo intento varias veces, hasta que ahogo el motor. Llaman a la ventanilla. Es Efflam.

—¡Ya me parecía que había oído un ruido de motor!

—Ah, hola, Efflam. He visto el coche azul. No quiero molestarte, debes de tener consulta...

—¡No me molestas en absoluto! Ven a tomarte una infusión. Has venido a verme, ¿no?

Vacilo un instante, luego decido bajar y lo sigo, turbado.

—Te has dejado caer en un buen momento, ¡hay alguien a quien quiero que conozcas desde hace tiempo! —me dice abriendo la puerta debajo de la madreselva.

Entonces aparece ella en la entrada, tan guapa con su falda larga, muy sencilla, y su jersey de lana.

—Gabriel, esta es Enora, mi nieta.

Los dos nos quedamos completamente mudos, incapaces de pronunciar palabra, pero nuestros ojos, rebosantes de emociones ya han empezado a hablar.

—¿Ya os conocíais? —pregunta Efflam, intrigado.

—Sí... —farfullo—, nos hemos... visto...

—En alguna *fest-noz* —añade Enora con voz algo más clara.

—Alguna *fest-n*... —El druida cae en la cuenta al instante—. ¡Ah, pues mucho mejor! Tengo que pasarme por correos antes de que cierren. Como ya os conocéis, podéis esperarme aquí los dos...

Sin pedirnos opinión, el viejo druida se marcha enseguida con paso enérgico en dirección al pueblo. Nosotros nos quedamos en la entrada mirándonos durante un buen rato sin pronunciar palabra. Yo estoy completamente confundido, incapaz de tomar iniciativa alguna. Finalmente ella rompe el silencio.

—Parece que el universo ha acabado enviándonos nuestra señal.

Asiento con cautela, inquieto por la idea de malinterpretar lo que quiere decir.

—¿Te apetece dar un paseo? —me propone.

—Sí, claro...

Caminamos uno al lado del otro, en silencio, por un sendero de tierra que bordea un riachuelo. Su mano roza varias veces la mía antes de decidir deslizarse en ella con timidez. En ese instante, mi mente cede y una increíble sensación de alegría y ligereza invade mi cerebro.

—He esperado tanto este momento... —murmuro.

—Yo también, si tú supieras…

—¿Ya no tienes miedo?

—Sí, un miedo espantoso… —me confiesa.

—Si no estás segura, lo entenderé. Siempre podemos…

Las palabras quedan selladas en mi boca por sus labios, que deposita con delicadeza sobre los míos a la tenue luz del sotobosque.

36

—Pareces triste, Gab.

—Cosas de mayores...

—¿Enora?

Suspiro.

—Sí.

—¿No va bien? —me pregunta Aziliz, inquieta de golpe.

Idolatra a Enora desde que entró en mi vida. Las dos se entienden tan bien que podrían pasar por hermanas.

—Sí, va bien... Es solo que...

—Puedes contármelo, Gab. Además, conozco a las chicas, después de todo, ¡yo también soy una chica! A menos que prefieras pedir consejo a Noé...

La idea me arranca una sonrisa. ¡Me imagino a mi primo como consejero conyugal! Decido confiarme a mi pequeño ángel...

—A Enora le hicieron daño en el pasado y necesita que las cosas sigan su ritmo. Como hace casi dos meses que estamos juntos, le he dicho que...

—¿Qué le has dicho?

—Que... que la quería...

—Bueno, ¡eso es genial!

—No sé... Estábamos tumbados debajo de un árbol sin decir nada, mirando el cielo, y me ha salido solo. Creo que le ha dado miedo. Al menos esa es la impresión que he percibido... No ha contestado nada, pero se ha levantado como si hubiese dicho algo terrible y se ha ido sin decir nada. Es verdad que un «te quiero» sin aviso previo es un verdadero desastre, como declaración...

—No te preocupes, Gabriel. Seguramente le habrá dado miedo... pero de una cosa estoy convencida: Enora está completamente enamorada de ti. ¡Habría que estar ciego para no verlo!

—Es muy amable de tu parte... Eso me tranquiliza un poco, angelito mío.

—¡Es la pura verdad! Dale tiempo para volver a ti, ¡te contestará! ¿Qué te apuestas? ¡Chócala!

Me tiende su manita. Le sonrío y doy una palmada para seguirle el juego.

—Ahora te toca a ti hablarme de tus cosas. ¡Cuéntame qué es eso de la carta que quieres quemar! ¿Por qué quieres que encienda el fuego con lo bueno que hace fuera? —le pregunto señalando el trozo de papel que sujeta con sumo cuidado.

Siento su cambio de energía de inmediato. Se ha puesto más seria de golpe y mira la carta doblada en cuatro.

—Es para papá y mamá... ¿Sabes? Hoy hace un año.

Sus palabras son como una bofetada. Brutal. Inmerso en mis dudas sentimentales, no me había dado cuenta de que ya hace un año que mi hermana dejó este mundo...

—No lo había pensado... Lo siento...

—No tienes por qué sentirlo. Es un aniversario un poco triste... Pero esta noche celebraremos tu cumpleaños.

Me da un vuelco el corazón, lo había olvidado... Eso explica todos los secretitos de los últimos días entre Noé y Aziliz... Han preparado algo, ¡seguro! Dejo de especular y vuelvo a centrarme en nuestra conversación.

—Entonces, ¿qué es esa carta?

Deja escapar un largo suspiro antes de comenzar.

—He visto a mamá en sueños, esta noche. Estaba bien, a punto de hacer la maleta para un gran viaje... Me ha dicho que su papel aquí había terminado, que estaba muy orgullosa de mí, y papá también. Me da dado mucho miedo, porque pensé que iba a desaparecer para siempre. Entonces me ha cogido entre sus brazos y me ha explicado que eso era imposible, que ella y yo siempre estaríamos conectadas, pero que intervenir en mi vida ya no era su cometido. Es como cuando los hijos se van de casa de los padres: estos siguen siempre ahí, pero ya no son responsables de ellos. Lloré mucho en el momento, luego comprendí qué quería decir. ¿Sabes?, fue ella quien nos encontró esta casa, quien nos llevó hasta Efflam y todo... Ahora, los tres somos ya mayorcitos, podemos avanzar sin su ayuda. Así que le he escrito esta carta para darle las gracias, decirle que estaba de acuerdo, desearles a los dos, a ella y a papá, un buen viaje, y prometerle que siempre los querré... Por eso me gustaría que encendieses el fuego. Ahora tengo que quemar la carta para que el humo llegue hasta el cielo.

Con un nudo en la garganta y lágrimas en los ojos, enciendo el fuego. Aziliz avanza entonces hacia él y deposita con suavidad la carta entre las llamas. Tengo la impresión de percibir la forma de un corazón incandescente cuando la hoja de papel se prende.

—Adiós, mamá; adiós, papá —murmura.

Una lágrima desciende lentamente por su mejilla. Me quedo mudo, embargado por la emoción. La vida y la energía que mueven a mi sobrina me emocionan. Después de todas estas pruebas, la veo más madura que nunca. Más que yo, sin duda. Ha llegado el momento de avanzar. Espero que la hoja se consuma por completo para hablar.

—Te dejo con Noé, ángel mío, necesito ir a caminar solo… ¿No te importa?

Me dice que no con un gesto y se aleja hacia el haya, que le tiende sus ramas, impasible.

Tomo el camino de mi santuario celta: el claro de la vieja haya, donde suelo ir cuando necesito recuperar fuerzas. Ahí, sentado con las piernas cruzadas sobre una roca musgosa al pie de mi amiga haya, me digo a mí mismo que ha llegado el momento. Estoy listo, ahora… Enciendo el móvil. Es hora de que escuche las palabras de mi hermana. Llamo al buzón de voz: «Tiene un mensaje guardado… (piii) ¡Hola, hermanito!». La voz de Clara me sorprende. Casi había olvidado su sonoridad, su dulzura. «¡Feliz cumpleaños! Sé que detestas las felicitaciones, pero mala suerte, porque para mí es un día muy importante. ¡Es el día en que vino al mundo la persona más luminosa que conozco! Sé que no crees en ti mismo, Gabriel, pero yo sí. Porque eres un ser maravilloso, ¡y te prometo que no te dejaré en paz hasta que te des cuenta de ello! Así que, para este año de tu vida, formulo el deseo de que encuentres el camino de la alegría. ¡Que seas feliz! Puedes y te lo mereces. Ya está. ¡Quedamos dentro de un año para ver si ha funcionado! Ah, también quería decirte que te quiero, Gabriel. Te quiero».

Me quedo ahí, inmóvil. Tengo las mejillas empapadas de lágrimas, pero esta vez la alegría gana a la tristeza. Ya está, se ha cerrado el círculo. Gracias, gracias infinitas por todo, hermana, no lo habría logrado sin ti. Puedes proseguir tu camino tranquila, yo cuido de tu hija.

Me levanto con una sensación de libertad increíble en el corazón. Mi alma vibra de amor y de vida. De orgullo, también, porque he mantenido mi promesa a pesar de todo. He logrado ser feliz. El camino está lejos de haber terminado, por supuesto, pero hoy por hoy el solo hecho de recorrerlo ya me hace feliz. Solo me queda una cosa que hacer, una cosita, que, sin embargo, me exige mucho valor. Pero antes de nada necesito purificarme por completo para hallar las fuerzas. El río, más abajo, me proporcionará el lugar perfecto.

Es como si el agua fresca me atravesase y se llevara corriente abajo todas las penas consigo. Él también está vivo, ahora lo siento. Permanezco inmóvil durante un tiempo indefinido, revitalizado por el elemento líquido. Mi nueva alegría emana directamente de mi capacidad para conectarme con lo vivo, con lo que vive tanto dentro como fuera de mí. La verdadera fuente de la felicidad está ahí, aquí y ahora, único instante de eternidad que cada ser puede descubrir en el fondo de sí mismo y que solo la sabiduría del cuerpo liberado de la mente puede aprehender. Salgo del agua revitalizado, limpia hasta el alma. Doy gracias al río por haber cuidado de mi cuerpo y regreso a la orilla, desnudo como el primer día de mi vida.

Me visto y vuelvo a coger mi teléfono. Llamo de nuevo al buzón de voz. «Tiene un mensaje guardado». Lo sé. Lo he escuchado. Ya no necesito guardar tu voz en una máquina, hermana mayor. Te he oído, y tu voz forma parte ahora del canto de mi corazón. Sin vacilar, pulso el botón para eliminar el mensaje. Ya es hora de vivir en el presente.

Justo en este momento de alineamiento perfecto un pitido del móvil me indica que tengo un nuevo mensaje. Enora... Leo de manera febril.

Podría dejarme llevar por la grandilocuencia de los poetas o la elocuencia de los trovadores, escribir fórmulas oscuras o discursos pomposos, utilizar metáforas, fabulaciones, utilizar rimas y asonancias, o incluso recurrir a efectos de estilo o aspavientos para expresar la esencia de la quintaesencia, pero prefiero limitarme a la expresión más simple, la más depurada, al pensamiento más profundo, obtenida de la fuente misma de mi alma. Te la entrego así, en su simple desnudez, te la entrego en estas dos palabras que me persiguen desde que me las has dicho tú: te quiero. Enora

Se ha puesto el vestido azul, el que llevaba en mi primera *fest-noz*. Está tan guapa, sentada bajo la gran haya. Me acerco lentamente. Ella me ve, me sonríe.

—Me ha encantado tu mensaje —le suelto en una exhalación.

—Siento haber sido incapaz de decírtelo de viva voz, pero cuando tú me has dicho antes que me querías, la emoción ha sido demasiado intensa. Me da vergüenza haberme ido tan de improviso. Tienes que saber, Gabriel Toussaint, que eres lo más bonito que me ha pasado en la vida. Consigues sacar lo mejor de mí. Estoy completa, total y definitivamente enamorada de ti... ¡Te quiero!

La estrecho entre mis brazos, fuerte, muy fuerte, ¡la emoción es tan intensa! Nunca habría pensado que viviría esto, tener derecho a una declaración tan hermosa de una mujer a la que tanto quiero. Le murmuro como si fuese un valioso secreto «Te quiero, Enora. Te quiero», antes de fundirnos en un apasionado beso.

37

El sofá vuelve a ocupar su sitio bajo la bóveda estrellada. Efflam se ha unido a nosotros para celebrar mi cumpleaños y deleitarnos con sus divertidas historias, y con una deliciosa tarta de frutos rojos. Sé que da gracias a la Diosa por haber permitido mi unión con Enora, su nieta. Con mi amor entre los brazos, el estómago lleno y el corazón ligero, contemplo la alegre danza de las llamas en el horno para pizzas. Noé me hace una seña discreta. Me levanto, dejando unos instantes a Enora entre su abuelo y Aziliz.

Después de deslizar otra pizza en el horno, Noé me arrastra hasta la cabaña.

—¿Hay algún problema? —pregunto.

—No, en absoluto. Solo quería darte tu regalo…

—¿Ahora?

—Quería que estuviéramos tranquilos.

Sin esperar, me tiende un largo paquete envuelto en un pañuelo de lino. Lo cojo, sorprendido por el peso, y retiro lentamente la tela.

—Pero ¡si es tu espada!

Es magnífica. Una réplica de Anduril, la espada de Aragorn en *El señor de los anillos*. Recuerdo que se gastó todos sus ahorros cuando acababa de entrar en la escuela de arquitectura. Se la compró a un artesano forjador en una feria medieval. La hoja era de verdad, de excelente acero, no una mera imitación. Su mayor tesoro.

—No puedo aceptarla —le digo entregándole el arma.

—No, debes tenerla tú.

La emoción de su voz detiene mi gesto.

—Pero…

—Escúchame… Nunca te he dado las gracias. Tras la traición de Noémie, y del accidente de mamá, toqué fondo. No me quedaban fuerzas para vivir, pero tú me rescataste, cuidaste de mí y todo… No era de verdad consciente de lo que has estado haciendo por mí durante todos esos años… Era… Era como un zombi, un muerto viviente… Ahora he resucitado. Los erizos, los herrerillos, los murciélagos, las abejas… Incluso Aziliz. Su casa no me la deben a mí, te la deben a ti. Sin ti, Gabriel, yo no estaría… Ya no estaría en este mundo.

Se echa a llorar, y no puedo evitar imitarle. Con un gesto enérgico, me paso la mano por las mejillas.

—Así que —continúa—entregándote mi espada te doy las gracias por haber hecho todo eso por mí…

Le estrecho entre mis brazos después de dejar la espada encima de la mesa.

—Oh, Noé… Lo que me dices me emociona tanto… Sé que tú habrías hecho exactamente lo mismo por mí…

—Sin duda, solo que eres tú quien lo ha hecho.

Nos quedamos largo rato abrazados antes de separarnos.

—Te quiero, lo sabes, primo mío…

Me sonríe.

—Yo también te quiero, Gabriel.

—Bueno, ¿dónde ponemos la espada?

—¡Podríamos colgarla en esta pared, aquí!

—¡Genial, me parece muy bien! Solo tenemos que convencer a las chicas.

Suspiro resignado en señal de acuerdo. Por algún motivo que se le escapa, las mujeres nunca han entendido los fundamentos evidentes de la decoración interior. Escudo, arnés, confalón… ¿qué mejor para dar vida a una habitación? Apoyo una mano en su hombro.

—Volvamos con ellas. Tu pizza debe de estar lista, ¿no crees?

—¡Maldita sea, la pizza! —dice, y sale a toda prisa.

Un rayo de luz dorada se cuela por el tragaluz para posarse como la caricia de un ángel sobre el cuerpo desnudo de Enora. Contemplo sus formas suaves y plenas: ¡está tan hermosa cuando duerme! Bajo del altillo tratando de evitar que los peldaños de la escalera crujan demasiado. Es temprano todavía. Noé duerme fuera, en el sofá. Pongo agua a calentar para el té y saco el pan y la miel de nuestra primera cosecha. Las abejas nos han mimado. Si nuestras pequeñas obreras continúan fabricando a este ritmo frenético, el año que viene podremos vender su néctar en los mercados cercanos. Sonrío al imaginar a mi primo atendiendo el puesto con Aziliz. Sentado en el umbral de la puerta sin dejar de sorber el té, abro mi cuaderno y registro el avance de las reformas y mis proyectos, la ampliación de la cabaña, sobre todo, para que Enora y yo tengamos una habitación aislada... ¿Y después? Me invade una sensación de vacío.

Los peldaños de la escalera crujen, lo que significa que Enora se ha despertado. Me vuelvo y la miro cuando desciende. Contemplo sus pequeños pies descalzos, con los dedos perfectamente perfilados, sus esbeltas piernas y sus muslos, que adivino bajo el camisón liviano, y los finos rasgos de su rostro, descansado y relajado tras una noche de buen reposo. Se une a mí bajo el vano de la puerta.

—¡Buenos días, príncipe! —me dice, con la voz velada todavía por el sueño.

—¿Has dormido bien, amor mío?

—De maravilla... ¿Y tú? ¿Pareces pensativo?

Le sonrío. Imposible esconderle nada.

—Estoy bien. Es solo que... me preguntaba qué podría hacer...

Enora me mira a los ojos con intensidad, lo que me alienta a ahondar en mi pensamiento.

—Sí, lo que de verdad me gustaría hacer con mi vida. Noé y Aziliz han encontrado su sitio, su cometido. Yo, realmente no...

—¿No te sientes bien aquí?

—¡Sí, claro! Si algo sé es que estoy en el lugar adecuado, y con las personas adecuadas —digo, y deposito un beso apasionado en sus labios—. Me pregunto qué puedo ofrecer yo al mundo...

—El abuelo te diría que posees la respuesta en tu interior...

—Ah, seguro. Efflam me diría algo por el estilo... Salvo que hace mucho que la busco...

—¿Tienes alguna idea? —me pregunta apuntando con el mentón el cuaderno que sostengo.

—Ah, he apuntado todo lo que se me pasaba por la cabeza en este cuaderno, pero no creo que contenga la respuesta...

Enora guarda silencio un momento, absorta en sus pensamientos.

—Quizá tú tienes alguna idea... —le digo.

—¿Te he dicho ya que me encantaba tu nombre? —me pregunta ella a modo de respuesta.

—¿Gabriel?

—Sí, me gusta mucho por lo que significa. Gabriel es el nombre del arcángel mensajero, el anunciador. Quizá podrías empezar a profundizar por ahí.

Tiene la barbilla apoyada entre las manos y me mira fijamente con los ojos brillantes.

—Veamos, ¿qué mensaje tienes para ofrecer al mundo, amado mío?

Sus palabras me atraviesan de repente como una flecha. Las cosas se alinean en mi interior a una velocidad increíble y me llenan de claridad.

—¡Eso es, Enora! Voy a contar una historia. Mi historia, nuestra historia. ¡Todo, absolutamente todo! Lo que he vivido con Noé y Aziliz, y también contigo y con tu abuelo. Eso es lo que debo hacer: ¡decirle al mundo que en las situaciones más desesperadas se ocultan a veces los regalos más hermosos! Voy a contarle al mundo cómo he conseguido cumplir la promesa que le hice a mi hermana: he logrado ser feliz.

El rostro de Enora va cambiando a medida que hablo.

—¿Fue Clara quien te regaló ese cuaderno? —me pregunta.

—Sí, ¿te lo había dicho ya?

—No... Pero, ¿lo ves?, tu hermana ya conocía tu respuesta...

Hemos terminado de desayunar. Enora se ha ido con Aziliz a casa de Efflam para llevarle un tarro de miel, y Noé se ha instalado al pie de la gran haya para clavar tacos en unos tablones. Los martillazos no me molestan. Sentado delante del pequeño escritorio del altillo, enciendo el ordenador y abro un documento de Word. Cierro los ojos, inspiro hondo y conecto con mi corazón. Las palabras fluyen, me desbordan. Solo quieren salir, vienen a mí con una facilidad desconcertante. Mis dedos se mueven sobre el teclado...

Los mayores trastornos de la vida se producen en el anonimato. Un tsunami llega a la orilla horas después del temblor de tierra que lo ha generado; sea cual sea su amplitud, sea cual sea la transformación radical que deje en nuestra existencia, en el instante preciso en que ocurre, absolutamente nada cambia. La onda de choque se propaga a su propio ritmo y no nos afecta en absoluto hasta que nos alcanza. Durante este lapso de tiempo, los humanos se mueven, sufren, se aman. Viven sin pensar en el final que se les viene encima. Durante esta prórroga singular, la vida continúa como si tal cosa... hasta que llega el impacto.

«Para viajar lejos no hay mejor nave que un libro.»

Emily Dickinson

Gracias por tu lectura de este libro.

En **penguinlibros.club** encontrarás las mejores
recomendaciones de lectura.

Únete a nuestra comunidad y viaja con nosotros.

penguinlibros.club

Penguin
Random House
Grupo Editorial

 penguinlibros